Vollständige Taschenbuchausgabe 1989
Droemersche Verlagsanstalt Th. Knaur Nachf., München
Lizenzausgabe mit freundlicher Genehmigung des Diana Verlags, Zürich
Umschlaggestaltung Adolf Bachmann
Umschlagfoto Lindenburger/Silvestris
Druck und Bindung brodard & taupin
Printed in France 5 4 3
ISBN 3-426-02874-3

Weihnacht erleben

7 ungewöhnliche Weihnachts-Erzählungen

Knaur®

Inhalt

BRIGITTE SCHWAIGER

Ein Fisch hat keinen Heiligen Abend

Der Weg von daheim zum Eislaufplatz ist gar nicht so weit am Tag, wenn der Himmel blau und der Schnee fest und knirschend sind, und die Schlittschuhe und das Wollhauberl und das kurze Rockerl aus Samt, das neue, das hat das Christkind voriges Jahr gebracht, ein dunkelblaues, mit Borten aus Kunstpelz, rosarot, auch am Jackerl eine Borte, wie wenn man schon eine Zirkuskünstlerin wäre. Und das kann man sich ja vorstellen, beim Eislaufen, daß man »Bombe« und »Flieger« und »Kadettensprung« nicht für sich allein, sondern vor vielen, vielen Zuschauern macht, die dann applaudieren. Wirklich wahr, Greti ist wirklich die Klügste, die Schönste, die Glitzerndste und die Bravste. Wenn Greti groß ist, möchte sie Filmschauspielerin werden, und alle werden sie bewundern.

Da ist so ein weiter Weg gar nicht weit, und man grüßt auch alle Leute, während man so dahingeht, in der Vorfreude auf die Gesichter, die sie machen werden, wenn Greti einmal Adele heißt oder Ines und einen amerikanischen Namen hat, vielleicht. Es genügt auch ein französischer. Auf jeden Fall berühmt werden. Das muß man. Anders zahlt sich das Großsein gar nicht aus. Nicht so werden wie die Erwachsenen, sondern ganz anders. Jetzt kommt eh bald das Christkind, und vielleicht ist wieder ein tolles Buch dabei. Da kann man vergessen, wie klein man ist, beim Lesen. Aber gewünscht hat sich Greti vom Christkind nichts. Sie ist jetzt nicht mehr so dumm, daß sie lange Briefe schreibt »An das liebe Christkind, Postamt Christkindl« oder »Himmel«. Und die Briefe dann bei der Mutter abgeben oder bei der Oma. Das sind Frauen, die nicht verstehen.

Greti turnt so gern allein und nicht im Turnsaal beim Turnverein. Sie läßt sich gern vom Kasten ins Bett fallen und stellt sich dabei vor, daß man ihr zuschaut und viele um ihr Leben zittern. Sie klettert gern aufs Dach und wagt den Sprung von einem Dach zum andern, und noch nie ist sie abgestürzt, obwohl, ihre Freundin Klara hat gesagt: »Wenn man sich ganz locker fallen läßt, kann man den Sturz vom zweiten Stockwerk überleben.«

Greti will ja gar nicht sterben oder verunglücken. Dafür ist sie viel zu jung. Obwohl einmal ein Bub mit dem Fahrrad umgefahren worden ist von einer Dame mit Mercedes, und ein kleines Kind ist einmal von einem Lastwagen erfaßt worden. Greti mag aber nicht daran denken. In ein paar Wochen kommt das Christkind, und da wollen wir alle fröhlich sein.

Das sagt sie sich jetzt auch, und die Mädchen sind schon da, und die Buben spielen schon »Schwarzer Mann«, und das Schlittschuhezusammenbinden geht viel zu langsam, man möchte schon draußen sein, in der harschen Luft, auf dem Eis, man möchte schon Spuren kratzen, man möchte schon mit den hinteren Zacken der Eisen ganz fest hineinhauen in die glatte Fläche, damit die Eisstückchen fliegen und der Schneestaub aufgewirbelt wird. Man möchte laut, ganz laut das Eis zerschlagen. Und einmal so frech sein wie ein Bub und so gemein. Und gar nicht denken an das blöde Christkind, daß es jetzt kommt, dieses Christkind, das es eh nicht gibt, die Eltern kaufen ja alles, und knausrig sind sie auch, seit man sagt, was man sich wünscht.

Irgendwelche Sachen halt. Schreibst sie

halt auf. Daß du groß und schön und reich werden möchtest und beliebt, ja vor allem beliebt, die Beliebteste von der Welt, das geht ja niemanden etwas an, am allerwenigsten das Christkind, das Bescheidenheit verlangt und Demut und Kleinbleiben, »Danke« sagen und nicht aufbegehren.

Manchmal glaubt Greti, daß sie, wenn sie groß ist, in einem Rollstuhl sitzen und gelähmt sein wird für immer, während die anderen springen und tanzen. Und das nur, weil sie so unverfrorene Wünsche hat.

Aber dagegen hilft das Eislaufen. Sie flitzt von einem Mädchen zum andern, zupft jedes am Zopf, am Roßschwanz und am Schal, schreit »Schau!« und »Schauts!« und »Hallo!« und »Hallots!« und vollführt einen Kadettensprung, wie ihn sonst nur die Klara kann, aber die Klara steht abseits mit dem Gipsverband, die hat sich eine Sehne fast zerschnitten bei einem waghalsigen Kunstsprung.

»Eh ka Kunst! Wenn man's kann, ist es keine Kunst!« behauptet der Dolfi, der kleine Bruder vom Eder-Buben. Die beiden stehen immer beisammen, und der große Eder legt manchmal seine Hand auf die Schulter vom jüngeren Bruder.

Greti nimmt einen Anlauf, schlittert

übers Eis, geht in die Knie, dann in die Hocke, hockerlt sich ganz tief, balanciert mit den Armen das Gleichgewicht aus und streckt den Fuß vor, dann das ganze Bein, und fast kommt sie bis zu den Schneebergen.

So. Das war die »Bombe«. Nur leider, es hat niemand hergeschaut. Klara hat ein Kracherl mit und zwei Leberkässemmeln. Die Mädchen stehen alle um Klara herum.

Wurscht! In drei Wochen kommt das Christkind, und ich habe mir die Fortsetzung von »Wir Kinder aus Bullerbü« gewünscht und »Gulla«, dritter Teil, »Gulla« hat sechs Bände und ist ein richtiges Romanwerk. Es ist unglaublich, wieviel manche Schriftstellerinnen schreiben und wieviel ihnen einfällt und wer ihnen das diktiert und ob das alles wahr ist.

Lesen, noch viel schöner als eislaufen. Zum Lesen braucht man gar nichts. Nur ein Buch. Und das Butterbrot. Mit Honig. Der tropft dann auf die Seiten und auf die Finger, und man weiß gar nicht, wo man zuerst lecken soll. Dann kommt die Mutter.

»Hast schon wieder ein Butterbrot in der Hand? Du weißt, man soll beim Lesen nichts essen! Schau her, wie das Buch ausschaut!«

Dann geht Greti sich die Hände waschen

und trocknet sich brav ab, wie ein feines Kind, bei dem die Mutter immer darauf achtet, ob es schön ist. Denn die Mutti, die hat ja nie Zeit. Außer zum Schimpfen. Daß der Hals dreckig ist, die Ohren und so weiter.

Greti liebt aber die Geschichten von den strengen Müttern, die ihre Kinder sorgfältig anziehen und es merken, wenn eine Falte schief sitzt. Sie kann stundenlang zuhören, wenn Klara erzählt, wieviel Wäsche die Mutter wieder zum Bügeln hat, weil Frau Zweymüller alle Betten täglich frisch überzieht. Sie haben ein Hotel. Fast ein Hotel, jedenfalls das Gasthaus mit den Zimmern im oberen Stock, die sie vermieten. Fremdenzimmer. Für echte Fremde. Aus Deutschland, aus England sogar. Klara sagt, es waren schon einmal vier Engländer und ein paar Amerikaner bei ihnen. Und »guest« heißt »Gast«, und das spricht man so: gest. Wie die Gäst'.

Klara steht immer im Mittelpunkt, wenn sie von daheim Leberkässemmeln und Kracherl mitbringt. Ihre Mutter schenkt ihr alles, nur die anderen müssen es im Geschäft kaufen. Gretis Vater hat leider nur eine Anwaltskanzlei. Bei der Klara gibt es Schinken, Käsewurst, Schinkenwurst, Salami, Salzstangerl, Äzedara.

Das sagt die Klara immer: »Äzedara.« Es heißt: in Hülle und Fülle. Endlos, unendlich und »Äzedara«.

Der Papa sagt, das ist lateinisch. Wurscht! In drei Wochen kommt das Christkind, jetzt hat die Klara keine Leberkässemmeln mehr, die Mädchen haben ihr alles weggegessen, die haben auch das Kracherl trinken wollen, aber Klara hält es mit dem Strohhalm noch fest in der Hand, nicht einmal Greti dürfte vom Kracherl der Klara trinken. Das ist »unhügienisch«.

Damals haben sie wirklich gestritten. Unhügienisch, weil die Greti von der Schwedenbombe zuerst abbiß und dann der Klara anbot, da, kannst auch abbeißen, kannst eh was haben, glaubst, ich bin so neidig? Aber die Klara schüttelte den Kopf.

Das war bei Gretis Geburtstagsfeier. Zwanzig Schwedenbomben hatten die Mädchen gebracht. Weiße, mit Kokos bestreut. Nicht die braunen, wo nur Schokolade außen drauf ist. Richtige, echte weiße Schwedenbomben. Und die Greti hat eine nach der andern gegessen, bis auf die siebte. Die übrigen hat sie weggepackt. Und von der siebten hätte sie die Klara abbeißen lassen. Aber dann haben die Mädchen alle gestritten, Greti weiß gar nicht, warum. Auf einmal war die Schachtel mit den großen Bomben – so groß waren sie ja gar nicht, aber viele, unendlich viele, fast äzedara Schwedenbomben – wie ein Verbrechen. Und die Klara geht heim. Die Greti weint. Die andern Mädchen sagen: »Mach dir nichts draus, die Klara ist eh so blöd.« Aber die Greti läuft der Klara nach und bittet sie um Verzeihung.

Schwung, Bogen, Arme ausstrecken, absetzen, in die Hocke und – Sprung!

Die andern haben es gesehen, aber Greti macht noch einen und noch einen und noch einen Kadettensprung, so wie wenn sie allein hier wäre. Und nur sie, nur sie kann die Kunststücke.

»Wenn man's kann, ist es keine Kunst.«

Greti hört die Worte des kleinen Eder-Buben. Sie kann sich nicht erklären, warum dieser Bub ihr so auf die Nerven geht. Immer steht er neben seinem großen Bruder, geht mit ihm, läßt sich von ihm streicheln, obwohl er schon sieben oder acht Jahre alt ist. Greti mag solche verwöhnten Kinder nicht. Sie hätte lieber nur Freundinnen, die so sind wie sie, frei, vogelfrei, niemand kümmert sich, nur zum Essen geht man heim und zum Schlafen, und wenn man groß ist, endlich draußen aus dem kleinen, flachen Kinderkörper, dann fährt man weit fort und kommt als Berühmte zurück. Man hat in vielen Filmen gespielt, und die Leute trauen sich einen fast nicht anreden. Dann holt man die Mutter ins gläserne Haus, das man sich gebaut hat, und man verwöhnt die Mutter.

Weil, die Mutter von der Greti ist so arm. Immer schreit der Papa. Greti muß ihre Mutter beschützen. Die Mutti hat so viel von ihrer traurigen Kindheit erzählt. Da traut man sich vom Christkind gar nichts wünschen. Da muß man froh sein, daß die Mutti da ist. Einfach, daß es sie gibt. Und daß sie einmal lacht, zu Weihnachten. Ein bißchen lacht sie da. Und das ganze Jahr über geht sie mit ernstem Gesicht herum.

Liebes Christkind, die Mutti hat zu Weihnachten nur eine Zinkbadewanne gehabt, und gebadet ist sie worden vor dem Heiligen Abend, und die Eltern haben die Zinkbadewanne auf die Kohlenkiste gestellt, und dann haben sie das Wasser heiß gemacht und das kleine Mädchen geschrubbt.

Die Mutti hat gewußt, das Christkind ist schon im Schlafzimmer, und sie ist zum Schlüsselloch gelaufen und hat hineingeschaut, aber es war halt alles noch finster.

Aber gerochen hat sie, daß das Christkind da ist.

Ein schönes Kleid hat sie anziehen dürfen zu Weihnachten. Und das Christkind hat ein silberblitzendes Kleid getragen, ganz lang, und es war ein Mädchen mit zwei Flügeln. Das Kleid fiel vom Hals bis über die Füße. Es fiel sehr schön.

Das hat die Mutter erzählt, von früher. Wie alle Menschen arm waren. Aber jetzt ist Aufschwung, und man fliegt bald auf den Mond. Im Radio haben sie gemeldet, daß ein Sputnik die Erde umkreist. Und man wird auf den Mars fliegen und die Marsmännchen ausforschen. Die sind grün, hat Klara gesagt. Ganz grün sind die Menschen, die auf dem Mars wohnen. Man kann sie im Fernsehen zeigen, aber leider hat das Fernsehen nur schwarzweiße Bilder.

Wurscht. Neunzehnhundertsechzig geht eh die Welt unter. Die Klosterschwester hat es gesagt, und alle Leute sagen es, die gläubig sind. Die Gottesmutter von Fatima hat es den Hirtenkindern erzählt. Sie sollen es dem Papst berichten. Und der Papst hat die Botschaft gelesen und ist gleich darauf in Ohnmacht gefallen und hat verkündet: »Das dürfen meine Gläubigen nie erfahren!«

Aber wann geht die Welt wirklich unter? Neunzehnhundertsechzig ist ja schon vorbei. Nur, für Greti ist die Zeit damals stehengeblieben.

Da war Sonnenfinsternis, ja, und da war einmal ein Nordlicht, und ein Komet ist auch gekommen, aber Weltuntergang war nicht, und sie hat sich vorgestellt, beim Weltuntergang sind alle Menschen vereint, und dann sieht man Gott.

Das war das Wichtigste überhaupt: einmal Gott sehen. Ihn endlich einmal sehen. Und wissen, daß es ihn gibt. Und wie er zu den Menschen dann spricht.

Greti hat sich gut vorbereitet. Wenn es Gott nicht gibt, dann wird sie ein Filmstar.

Hoffentlich gibt es Gott nicht.

Sie möchte so gern, daß alle sehen, wie sie singt, wie sie sich dreht, wie sie sich bückt, um etwas an ihrem Schuh zu richten, und sie möchte so gern in der »Illustrierten« abgebildet sein mit einem »Ehemann Numero drei« oder »Ständigen Begleiter«. Sie möchte schneeweiße Zähne haben und Locken.

Manchmal, wenn Greti allein ist, singt sie ganz leise »Schlafe, mein Prinzchen«. Sie stellt sich vor, sie ist Farah Diba und hat gerade den Kronprinzen für Persien geboren. Gott sei

Dank, daß es ein Bub war! Alle Leute, die die »Illustrierte« gelesen haben, haben sich so gefreut!

Im Eislaufhütterl riecht es nach verbrannter Wolle. Das sind die Socken, die beim Eisenofen hängen. Manche Buben hängen die Socken immer viel zu nah hin, damit sie schneller trocknen, aber dann brennen sie an, und trocken werden die Socken ohnehin nie, weil sich Eisklümpchen verfangen haben im Rillenmuster, zwei glatt, zwei verkehrt, alle Buben haben solche Socken, alle Mädchen haben Wollstrümpfe, es ist so fad manchmal, man muß warten, bis die Großen kommen, am Abend, die vom Gymnasium, von den höheren Klassen, die tanzen auf dem Eis, mit den Mädchen, und sie schwingen sich langsam zum »Donauwalzer« hinaus in die Nacht.

Das ist, wenn die Frau Maurer alle Mädchen, die noch da sind, nach Hause jagt.

Greti geht dann heim. Meistens allein, weil Klara schon in der Dämmerung von ihrer Mutter abgepaßt wird. Und die anderen Mädchen dürfen auch nicht so lange ausbleiben. Aber bei ihr ist das etwas anderes. Sie sagt einfach zur Mutter, daß es so lustig war. Und daß sie so viel gespielt haben und die Zeit übersehen.

Der Weg vom Eislaufplatz heim ist furchtbar weit. Sie schwört sich jedesmal, daß sie nie wieder, nie mehr, nie, nie wieder eislaufen gehen wird. Diese Kälte! Da nützen die Handschuhe nichts. Die Finger sind steif gefroren, wie die Zehen. Und die Knie. Und die Waden. Alles schüttelt sich vor Frost. Und die Schlittschuhe, die blöden. Und die Haube, die ganz naß ist.

Der Schnee, so hart. Unterm schwarzen Himmel gehen und keinen Stern sehen, weil man vor Kälte nicht hinaufschauen will, immer nur zur Mauer, hinter der der Teich ist, der zugefrorene. Eine riesige Eisdecke liegt über den Karpfen, und sie versteht wieder einmal nicht, wie man ein Fisch sein kann, wie man das aushält, immer schwimmen, und nirgends stehenbleiben, immer muß man schwimmen, weil man sonst erfriert.

Ein Fisch hat keinen Heiligen Abend. Und keine Erstkommunion. Ein Fisch hat keine Ferien, weil er nicht in die Schule geht. So ein Fisch wird nur herausgefangen und gegessen, manchmal. Lieber Gott, ich danke dir, daß ich kein Fisch bin. Ich danke dir, daß du mich als Mädchen zur Welt kommen hast lassen. Und daß ich die Greti bin.

Und ich habe die besten Eltern und die

liebsten Freundinnen und das wärmste, schönste, allerschönste Haus. Und meine Eltern sind die einzigen, die ich haben möchte. Und wenn ich groß bin, werde ich eine berühmte Schlagersängerin. Und eislaufen gehe ich nie wieder, sondern morgen bleibe ich daheim und helfe der Großmutter bei der Weihnachtsbäckerei. Und ich tu auch immer recht schön beten, damit ich nie wieder friere. Und zu Weihnachten wünsche ich mir, daß ich auch in meinem nächsten Leben kein Fisch sein muß. Weil, die Klara glaubt nämlich an Seelenwanderung. Und ich möchte mit meiner Seele nicht mehr wandern. Ich möchte meine Seele immer gut behüten und nie mehr neidisch sein und alles herschenken, was ich zu Weihnachten bekomme, falls es wieder heißt, daß ich so habgierig bin.

Weil, es ist am Abend so kalt, daß ich überhaupt nicht verstehe, warum ich eislaufen gehe. Und morgen melde ich mich freiwillig zum Halbinternat. Dort sitzt man den ganzen Nachmittag mit dem Lineal, und die Klosterschwester wacht.

Am Abend geht man nach Hause, und zu Weihnachten bekommt man vom Christkind einen Photoapparat und Halbschuhe und einen Babypelz. Das sind so Waschbärfelle, weißt du, lieber Gott, liebes Christkind, so künstliche, weiße oder rosarote, gar nicht schwere Felle, da kann man einen Mantel draus haben, und dann ist man so hübsch wie die Klara. Die Klara sagt, er ist ganz billig. Jedenfalls nicht so teuer wie ein echter Pelz. Und für Kinder gut geeignet.

Und daß der Papa nicht fragt heuer, was die Geschenke gekostet haben. Das wünsche ich mir auch. Liebes Christkind. Deine Margarethe.

Vielleicht, wenn Du mir auch »Immer lustig in Bullerbü« schenkst, das ist dritter Teil, und »Gulla« alle sechs Bände. Und was Du halt sonst noch glaubst. Herzlichst, Greti.

SUSANNA KUBELKA

Fröhliche Weihnachten bei 39 Grad

Dies ist eine turbulente Geschichte, voll Hitze und Heimweh, die Geschichte einer kleinen Katastrophe mit einem Happy-End. Sie beginnt eine Woche vor Weihnachten und spielt in Australien. Dorthin war ich im Mai vor vielen Jahren gereist, mit dem festen Vorsatz, im Dezember längst wieder zurück zu sein, um mit meinen Eltern Weihnachten zu feiern. Doch Sidney war teuer, Schiffskarten ebenfalls, mein Gehalt als Bürohilfe minimal, und das Fest rückte immer näher. Weihnachten in Australien? Wo Stimmung nicht existiert? Wo Feste darin bestehen, daß man im Garten grillt und sich mit starkem Bier bis obenhin vollaufen läßt? Doch ich hatte einfach zu wenig Geld für die teure Heimfahrt. Mir blieb also keine andere Wahl!

Ich saß also fest in Sidney, wo zur Zeit unseres Winters Hochsommer ist und es Tag für Tag heißer wurde. Am 19. Dezember hatte es 39 Grad im Schatten. Schweißüberströmt war ich aufgewacht, Arme und Beine übersät mit Mückenstichen. Mein Zimmer besaß weder Klimaanlage noch Ventilator, ja, nicht einmal Fliegengitter waren vor den Fenstern.

Überhaupt war die kleine Pension, die sich stolz »Hotel« nannte, durch und durch schäbig. Sie lag zwar in einer romantischen Bucht namens »Mosman Bay«, und von der Terrasse aus sah man Palmen und Meer, doch das Dach war löchrig, das Dienstmädchen verrückt, das einzige Badezimmer kaputt, es gab Mäuse im Haus und ab und zu eine Schlange im Aufenthaltsraum.

Der »Garten« war eine wuchernde Wildnis, und das angeblich zahme Opossum, das im Frangipani-Baum vor meinem Fenster wohnte, biß mich gleich in den Finger, als ich es mit Karotten füttern wollte. Das erschütterte mich zutiefst. Ich mag Tiere und nahm dies als Zeichen, daß mir der ganze fremde Kontinent feindlich gesinnt sei.

Wie gesagt, Haus, Garten und Personal ließen zu wünschen übrig. Es gab jedoch einen Ort, wo man sich wohl fühlte, und das war die Gemeinschaftsküche. Dort standen zwei Herde, die man jederzeit benützen durfte, drei Kühlschränke, die gut funktionierten, und ein großer Holztisch, der Gemütlichkeit verhieß.

Der Tisch brachte mich auf die Idee. Ich würde ein kleines Fest organisieren und, den Mäusen, Schlangen, Fliegen, den Mücken und der glühenden Hitze zum Trotz, auf deutsche Art und Weise Weihnachten feiern.

Leicht gesagt, schwer getan. Das ganze Haus war voll von Auswanderern. Sie kannten einander kaum und starben fast vor Heimweh. Niemandem war nach Feiern zumute (höchstens nach Whisky und Bier), und von alleine wäre keine Weihnachtsstimmung aufgekommen. Ich gab jedoch nicht nach. Am Montag, dem 19. Dezember, ging ich von Zimmer zu Zimmer, klopfte und schlug vor, am Samstag abend gemeinsam zu essen. Ich würde kochen, wir würden singen, gemütlich beisammen sein und auf die ferne Heimat trinken. Neun Leute sagten schließlich zu. Der Rest zog vor, das Fest zu ignorieren und sich mit ein paar Bierdosen an den Strand zu verziehen.

Neun Leute genügten mir.

Louise aus Passau hatte zugesagt, ebenso drei junge Matrosen aus Hamburg, die sehr gut Gitarre spielten und hofften, in Australien Karriere zu machen (sie machten sie nicht).

Suzy und Helen aus England, Rolf und Kitty aus Köln würden ebenfalls kommen; wunderbar, es waren die nettesten Leute im Haus.

Rolf und Kitty waren besonders nett. Sie lachten gerne, waren blond, zierlich, kurz verheiratet und sahen sich ähnlich wie Geschwister. Rolf war zu Hause Buchhalter gewesen, Kitty Kindergärtnerin. Hier erzeugten sie Klopapier (in einer Fabrik mit Klimaanlage). Sie wollten jedoch schnellstens Englisch lernen, bessere Arbeit finden und eine Familie gründen. Ein Auto hatten sie bereits erspart, im Frühjahr würden sie ein eigenes Haus anzahlen. Sie waren beide große Optimisten und die einzigen im Mosman-Hotel, die in Australien bleiben wollten.

Louise war ein hübsches Mädchen, mit sanften braunen Augen, kurzen fröhlichen Löckchen und einem herzförmigen Muttermal auf der rechten Wange. Zu Hause war sie Sekretärin gewesen. In Sidney arbeitete sie als Kellnerin. Sie hatte nur einen Wunsch: so schnell wie möglich zurück nach Passau. Sie konnte jedoch nicht weg. Sie kam auf Kosten der australischen Regierung und mußte zwei Jahre bleiben. Also machte sie das Beste aus der Sache, sammelte Freunde und Verehrer, sparte ein kleines Vermögen und lernte

Wellenreiten. Sie erklärte sich sofort bereit, mir kochen zu helfen, außerdem würde sie die Hälfte zahlen. Nur eine Bedingung stellte sie: »Dafür bringe ich noch einen Bekannten mit. Einverstanden?«

»Neuer Freund?« fragte ich interessiert.

»Noch nicht. Könnte aber werden.«

»Australier?«

Louise schüttelte ihre Löckchen. »Glaube nicht. Er trinkt nämlich kein Bier!!! Kommt ins Espresso und bestellt Fruchtsaft. Er trinkt *kein Bier*, er trägt immer gebügelte Hemden, er *kann* nicht von hier sein.«

»Gefällt er dir?«

»Sehr. Er spricht perfekt Englisch, hat aber irgendeinen Akzent. Woher er kommt, weiß ich nicht. Jedenfalls heißt er Jamie.«

So weit, so gut!

Auf Jamie mit den gebügelten Hemden mußte Eindruck gemacht werden. Rolf und Kitty wußten auch gleich, wie. Sie würden für Samstag zehn Flaschen Wein beisteuern. Wein! Kein Bier! Jawohl! Sie hatten einen Freund in einem Pub, dort bekämen sie alles zum Einkaufspreis.

Tatsächlich standen am Mittwoch abend zehn Flaschen Wein auf dem großen hölzernen Küchentisch.

Rundum saß die gesamte Belegschaft, starr vor Bewunderung.

»Hat sicher ein Vermögen gekostet«, kommentierte Lucy, das Dienstmädchen, im Flüsterton.

»Seit Monaten habe ich keinen Wein mehr gesehen«, sagte Suzy, »aber hier steht er, vor meiner Nase, und jetzt hab' ich zum erstenmal das Gefühl, daß am Samstag wirklich Weihnachten ist.«

An diesem Abend saßen wir noch lang zusammen, hauptsächlich um dem Wein Gesellschaft zu leisten. Erst als Rolf und Kitty aufstanden, um ihren Schatz in ihrem Zimmer zu verstecken, gingen wir schlafen. Es war eine heiße Nacht, genauso heiß wie gestern. Doch irgendwie war alles anders. Wir waren plötzlich in Weihnachtsstimmung. Und über dem schäbig-romantischen Mosman-Hotel schwebte zum erstenmal ein Hauch von Festlichkeit!

Am Freitag, dem 23. Dezember, nahm ich mir frei und ging einkaufen. Louise begleitete mich. Wir wollten natürlich das Beste vom Besten, also fuhren wir mit dem Zehnuhrboot über den Hafen in die City. Das Boot war grün, das Meer blau, blauer Himmel, gleißende Sonne, 35 Grad im Schatten – und

plötzlich überholte uns ein Weihnachtsmann auf Wasserskiern. Es war zum Totlachen. Er trug einen dicken roten pelzverbrämten Rock, rote Stiefel, rote Mütze, und sein weißer Bart flatterte im Wind. Er winkte uns zu, fuhr dann im Slalom vor uns her und schoß schließlich mit einer Pistole Fontänen bunter Konfetti in die Luft. Louise und ich lächelten uns an. Ein Weihnachtsmann auf Wasserskiern. Wenn das kein gutes Omen ist...

Schwer bepackt kamen wir am frühen Nachmittag zurück in unsere kleine malerische Bucht. Bis wir die vollen Taschen vom Landungssteg hochgeschleppt hatten, waren wir beide schweißüberströmt. Bei 40 Grad Hitze für zehn Leute zu kochen, ist keine Kleinigkeit. Doch wir ließen uns die Arbeit nicht verdrießen, und da in Australien Lebensmittel besonders schnell verderben, machten wir uns sofort ans Werk.

Louise verschwand kurz in ihr Zimmer, kam im Badeanzug zurück, band sich eine blaue Schürze um und bereitete einen »Fisch- und Käse-Pie«, ein englisches Gericht (denn sie hatte inzwischen erfahren, daß Jamie Engländer war). Sie füllte es sorgsam in eine runde Blechform und stellte diese sogleich in den Kühlschrank. Mit Fisch muß man bekanntlich besonders vorsichtig sein, er hält sich bei großer Hitze höchstens ein paar Stunden. Im Eis aber war er gut aufgehoben. Morgen abend würde er kurz vor dem Essen ins Backrohr kommen und warm als Vorspeise serviert werden.

Zufrieden wusch sich Louise die Hände, legte die Schürze ab, zog sich um und fuhr zur Arbeit. Sie hatte von fünf bis elf Uhr Dienst (erst am 24. abends hatte sie frei). Inzwischen war ich (barfuß, im Bikini) mit dem Hauptgericht fertig geworden. Es bestand aus Reis, Gewürzen und Hühnerleber, denn die ist in Australien billig. (Innereien sind nicht fein!) Fein sind Steaks, vor allem fünf Zentimeter dick und groß genug, um über den Tellerrand zu hängen. Steaks aber waren mir zu teuer. Selbst mit Louises Hilfe war es mir nicht möglich, zehn Leute mit Steaks zu versorgen.

Dafür bereitete ich eine besonders feine Nachspeise. Ich kannte ein herrliches Rezept für ein Semifreddo, ein Halbgefrorenes, das den Steakmangel mit Sicherheit vergessen lassen würde. Man bereitet es immer am Vortag zu, stellt es dann ins Tiefkühlfach, und das ist wichtig, denn von der Festigkeit hängt der Erfolg der Sache ab. Ein flüssiges Semifreddo ist für den Mülleimer.

Um vier Uhr nachmittags war ich fertig. Hochzufrieden verließ ich die Küche, gerade als Lucy, unser Dienstmädchen, zur Tür hereinschlich. Um nichts zu verschweigen, Lucy kam aus einer Nervenheilanstalt. Wir waren alle gebeten worden, freundlich mit ihr umzugehn, keinen Lärm zu machen, sie nur mit leiser Stimme anzusprechen, denn laute Geräusche vertrug sie nicht.

Wenn sie staubsaugte, steckte sie Wachs in ihre Ohren. Begegnete man ihr am Flur, hielt sie den Finger vor den Mund, drehte die Augen gen Himmel und flüsterte »Psssst!« Manchmal stand sie eine halbe Stunde mit dem Gesicht zur Wand und nickte dieser freundlich zu, vielleicht aus Dankbarkeit, daß die Wand so wenig lärmte. Wie dem auch sei, Lucy war seltsam. Und seltsam sah sie auch aus. Sie hatte ein langes, hageres Pferdegesicht, lange dünne Haare und ein künstliches Gebiß, obwohl sie kaum älter als dreißig war. In Australien aber herrscht akuter Frauenmangel, also hatte Lucy einen Freund bei der Heilsarmee. Er war nett, kam sie oft besuchen und grüßte stets mit »Gott segne euch!«

Jedenfalls schlich Lucy geräuschlos zur Tür herein, was mich wunderte, denn es war ihr freier Nachmittag.

»Ich räume auf«, flüsterte sie mir zu, »für euer Fest. Ich mache aus der Küche ein Schmuckkästchen. Krieg' ich dafür ein Glas Wein?«

»Natürlich«, flüsterte ich zurück, »du kannst auch mit uns essen. Wir haben genug.«

Lucy nickte schweigend, ging dann an ihr Fach und strich sich ein Honigbrot. Sie setzte sich zu Tisch, schnitt sorgsam, dem Gebiß zuliebe, rundherum die Rinde ab, nickte der Wand freundlich zu und kaute langsam vor sich hin. Wenn Lucy putzte, geschah immer ein Malheur. Doch diesmal hatte ich vorgesorgt. Das Weihnachtsessen (samt den kostbaren Weinflaschen) stand sicher im größten Kühlschrank; diesen hatte ich abgeschlossen, und den Schlüssel trug ich bei mir. (Unser früheres Dienstmädchen kam nämlich nicht aus der Nervenklinik, sondern aus dem Gefängnis. Es stahl alles, was ihm unterkam. Seither hatten die Kühlschränke Schlösser.) Jedenfalls fühlte ich mich sicher, und Lucy ging ans Werk. Nun gut!

Der 24. Dezember war genauso heiß wie die anderen Tage der Woche. Kleine Schweißperlen bedeckten meine Oberlippe, als ich erwachte, trotzdem sprang ich gutgelaunt aus dem Bett.

Noch ahnte ich nichts von den Freuden und Leiden, die diesen Tag für mich unvergeßlich machen sollten. Ich wußte nur, daß Weihnachten war und daß ich mich wie ein Kind auf den Abend freute.

Die erste Überraschung kam zu Mittag, bei der »Christmas-Party« im Büro. Zu meinem größten Erstaunen bekam ich nämlich Weihnachtsgeld, denn die Firma hatte ein gutes Jahr gehabt. Mit zitternden Fingern öffnete ich das weiße Kuvert, zählte die Scheine und schnappte nach Luft. War das möglich? Ich unterdrückte einen Jubelschrei. In dem Kuvert war genau die Summe (und ein bißchen mehr), die mir für meine Schiffskarte fehlte. Ich konnte also nach Hause fahren, einen ganzen Monat früher als gedacht, dabei war ich sicher gewesen, noch bis Februar arbeiten und sparen zu müssen.

Ich bedankte mich überschwenglich und fuhr gleich nach der Feier ins nächste Schiffahrtsbüro. Dort war zwar nur Journaldienst, doch ich erfuhr, was ich wissen wollte. Am 3. Januar ging die »Australasia« nach Singapore. Von dort fuhr die »Fairsea« nach Neapel. In Neapel konnte ich Schlafwagen nehmen und, wenn alles gutging, Anfang Februar bei meinen Eltern sein. Ich hätte auch die »Galileo« wählen können oder die »Orsoya«. Ich hätte mit der »Australis« über Panama reisen können oder mit der kleinen schnittigen »Vietnam« durch den Suezkanal. Die »Fairsky« fuhr sogar direkt nach Neapel, doch sie verließ Sidney erst Mitte Januar, und das war mir zu spät. Ich wollte heim! Jeder Tag zählte.

Ach, die Namen dieser Schiffe. Mit welcher Sehnsucht sprachen wir sie aus. Heute fliegt man. Und das Flugzeug kennt man kaum. Doch wir liebten diese Schiffe, erkannten sie aus weiter Ferne, sowie sie die Hafeneinfahrt von Sidney passiert hatten. Vier Wochen dauerte die Fahrt von Australien nach Europa. Eine lange Zeit. Doch in den sechziger Jahren reisten alle per Schiff. Auch die Auswandererfamilien, die man damals noch scharenweise ins Land lockte, kamen über das Meer. Die griechischen Dampfer hatten oft viertausend Menschen an Bord, arme Leute, viele davon Analphabeten, für die es Arbeit auf den Schaffarmen und in den Fabriken gab. Australien brauchte Menschen. Der riesige Kontinent hatte nur elf Millionen Einwohner. Jeder war damals willkommen, der weiß war und bleiben wollte.

Doch niemand, den wir kannten, war

je mit einem Flugzeug gereist. Fliegen hatte keine Bedeutung. Der Flughafen von Sidney bestand auch nur aus einer schäbigen Wellblechhütte. Der Hafen dagegen war groß und prächtig. Der Hafen war damals das Tor zur Welt.

Die »Australasia« fuhr am 3. Januar nach Singapore, und ich würde an Bord sein! Triumphierend verließ ich das Büro und fuhr sofort zur Hauptpost. Ich würde meine Eltern anrufen, sie sollten sich mit mir freuen! Doch vor der Post stand eine lange Schlange Menschen. Man konnte nicht einfach telefonieren, teilte man mir mit. Gespräche nach Übersee hatte man anzumelden, möglichst lang im voraus, und jetzt war es zu spät. Keine einzige Verbindung nach Europa war mehr frei. Jede Minute der nächsten drei Tage war ausgebucht, und zwar seit Wochen!

Doch ich kränkte mich nicht. Mein Christkind hatte ich erhalten, telefonieren konnte ich nächste Woche auch noch, in zehn Tagen würde ich auf dem Schiff sein, nichts konnte mich erschüttern.

Zu Fuß machte ich mich auf den Weg zum Fährboot, und in der ganzen Stadt deutete nichts darauf hin, daß Heiliger Abend war. Nirgends gab es Weihnachtsschmuck (höchstens ein paar bunte Glühbirnen). »Yellow Submarine« dröhnte aus den Lautsprechern am Hafen (das war der neueste Hit der Beatles). Braungebrannte Menschen kamen vom Schwimmen zurück. Und ein Haifischflugzeug zog seine Kreise über den Stränden vor der Stadt.

In der Kirche, die ich betrat, um wenigstens *ein* Weihnachtslied zu hören, brannte keine einzige Kerze, die Leute sprachen laut durcheinander, der Pfarrer erzählte Witze, und die Organistin spielte Boogie-Woogie. Also gab ich auf, kaufte ein paar Kerzen, hübsche Servietten und eine Kleiderbürste in Form eines Bumerangs (ich habe sie heute noch). Am Kai leistete ich mir eine deutsche Illustrierte (sie war zwei Monate alt), und dann erwischte ich gerade noch die Fünfuhrfähre. Um acht waren die Gäste angesagt, Zeit genug. Ich setzte mich und begann in der Illustrierten zu blättern. Von der Tragödie, die sich inzwischen im Mosman-Hotel ereignete, hatte ich keine Ahnung.

Doch je mehr wir uns Mosman Bay näherten, desto unruhiger wurde ich. Irgend etwas war geschehen. Ganz plötzlich wußte ich das. Aber was? Hatte Lucy den Kühlschrank aufgebrochen und den Wein gestoh-

len? Hatte sie in ihrer Putzwut soviel Insektengift gestreut, soviel Lysol versprüht, daß die Küche entsetzlich stank und man nicht mehr darin essen konnte? Heute morgen war noch alles in Ordnung gewesen. Vor dem Wegfahren hatte ich kurz einen Blick durch die Tür geworfen, die Küche funkelte bereits, und Lucy polierte an den Fliesen herum.

»Blitzen«, hatte sie mir zugeflüstert, »alles muß blitzen. Blitzen wie ein Schmuckkästchen!«

Das Unheilsgefühl wurde so stark, daß ich nicht mehr sitzen konnte. Ich sprang auf, lief an Deck hin und her, und kaum hatten wir angelegt, stürmte ich an Land. Im Hotel war alles ruhig. Kein Mensch war zu sehen. Das wunderte mich nicht. Wer Arbeit hatte, war noch nicht zurück, die andern lagen noch am Strand. Trotzdem gefiel mir die Stille nicht. Es war zu ruhig. Unheimlich ruhig. Die Hitze brütete im Gang zur Küche, und als ich die Tür aufriß, schlug mir gräßlicher Geruch entgegen. Ich preßte die Hand ans Herz. Kein Zweifel. Es stank nach verwesendem Fisch.

Kein Strom! Die Kühlschränke funktionierten nicht. Ein Stromausfall. Ausgerechnet heute! Doch das Licht ging an, als ich am Schalter drehte. Was war los? Halb von Sinnen, lief ich in mein Zimmer, holte den Schlüssel, schloß den Kühlschrank auf. Eine Katastrophe! Alles war verdorben. Die Hühnerleber war grün. Der Fisch- und Käse-Pie schwamm im Wasser. Im Tiefkühlfach war nämlich das Eis geschmolzen und nach unten getropft. Mein kostbares Semifreddo lief mir entgegen, es war ein Fiasko! Wie konnte das geschehen?!

»Lucy!!!« schrie ich, daß das Haus erbebte. »Lucy! Zum Teufel! Komm sofort hierher!«

Sie war auch gleich zur Stelle, denn ihr Zimmer lag neben der Küche. Empört starrte sie mich an. Offensichtlich hatte sie geschlafen, denn sie trug einen schrecklichen rosa Morgenrock aus Nylon und hatte Lockenwickler im Haar. Sie hielt sich die Ohren zu.

Doch dann fiel ihr Blick auf die offene Kühlschranktür, und ihre Hände sanken herab. Sie begann zu schluchzen. Ihr ganzer Körper bebte. Sie lehnte sich an die Wand und heulte los wie ein Klageweib. Sie wurde lauter und lauter. Nie hatte ich ähnliches gehört. Ihre Stimme verlor alles Menschliche, wie eine Sirene erreichte sie die höchsten Töne, um sofort wieder ganz unten als Baß zu beginnen. Es war unheimlich und beängstigend, und es dauerte eine Viertelstunde, bis ich sie beruhigt hatte.

Nach einer weiteren Viertelstunde erfuhr ich auch den Sachverhalt. Lucy hatte die Kühlschränke ausgeschaltet, und zwar schon gestern nachmittag, als sie zu putzen begann. Die Kühlschränke machten zuviel Lärm. Sie konnte das Summen nicht ertragen!

Was soll ich sagen! Weihnachten feierten wir trotzdem. Wir hatten zwar weder Christbaum noch Krippe noch Weihnachtsschmuck und jetzt auch kein Essen mehr, doch wir nahmen's mit Humor. Es gab Brot und Käse, und Jamie brachte geräucherte Austern mit. Wir tranken unseren kostbaren Wein, die drei jungen Matrosen spielten Gitarre, ja, wir sangen sogar »Stille Nacht«, jeder in seiner Muttersprache. Und zum Schluß kam Lucys Freund mit drei Musikern von der Heilsarmee, die bliesen Weihnachtslieder mit Trompete, Posaune und Susaphon. So laut habe ich noch nie das Christkind preisen gehört. Wir saßen auf der Terrasse, die Nacht schien zu vibrieren, wir trugen unsere schönsten Kleider und weiße Frangipaniblüten im Haar. Lucy beschwerte sich nicht über den Lärm, im Gegenteil. Nach einem Glas Wein sang sie sogar mit. Wir blieben beisammen, bis die letzte Kerze herabgebrannt war. Es waren wunderschöne Stunden.

Doch die Geschichte hat noch ein Nachspiel.

Aus Mitleid mit dem verpatzten Essen lud Jamie Louise zu sich nach Hause ein. Er wohnte bei seinen Eltern, in einem riesigen modernen Apartment mit Blick über den ganzen Hafen. Sein Vater war Generalvertreter von Guinness-Bier und vielfacher Millionär.

So kam wenigstens Louise zu einem Weihnachtsessen, am 25. zu Mittag, denn da wird in Australien gefeiert. Sie ist auch nie mehr nach Passau zurückgekehrt, außer zu Besuch, mit ihren beiden Kindern. Sie hat Jamie geheiratet, und wenn ich ihren Briefen glauben darf, ist sie sehr, sehr glücklich.

HEINZ G. KONSALIK

Das Christkind von Samoa

Er saß an dem offenen Fenster, den Kopf auf beide Fäuste gestützt, ganz nahe dem in den Fensterrahmen geklemmten feinmaschigen Moskitogitter, und starrte hinaus in den wegdämmernden Tag. Eine kurze Dämmerung war es, kein sachtes Hinübergleiten in die Nacht – der Himmel flammte noch einmal auf, als verbrenne die Unendlichkeit, dann sank das orangefarbene Feuer in sich zusammen, und die Dunkelheit fiel schnell über das Land.

Das Haus mit der rundum laufenden offenen Terrasse, von hölzernen rotbemalten Säulen gestützt, stand auf einem flachen Hügel. Von ihm aus konnte man über einen lichten Palmenwald bis zum meist glatten, tiefblauen Meer blicken, zu dem langen Strand aus weißem Muschelsand und zu den flachen Auslegerbooten der Fischer, die am frühen Morgen hinausruderten, ihre kleinen Netze auswarfen oder die langen, schmalen Reusen, Fischfallen aus Draht und Geflecht, ausleerten.

Zehn Häuser standen auf dem flachen Hügel, neu gebaut, aber im Stil der alten Kolonialzeit, in der es noch keine Klimaanlagen gab, sondern der Wind des Stillen Ozeans für ein erträgliches Leben sorgte.

Seit fast vierzehn Tagen saß er so am Fenster, blickte in die Weite, und seine Lippen bewegten sich in einem stummen Gespräch. Er war sechs Jahre alt, ein Junge mit blonden struppigen Haaren, etwas schmächtig und mit großen Augen, die in der Farbe des Meeres leuchten konnten. Als er vor sechs Monaten mit seinen Eltern nach Samoa gekommen war, verfiel er zunächst dem großen Abenteuer des Fremden, Geheimnisvollen und noch nicht Erfaßbaren. U'Nukuva, der samoanische Boy, den sein Vater auf Empfehlung des Polizeichefs Bulder eingestellt hatte, und Mapula, die blitzäugige, dickwadige Köchin, deren Haut wie lichtbraune Seide glänzte, nannten ihn nicht Peterle, wie seine Eltern, sondern »Kind mit der Sonne im Haar« und liebten ihn vom ersten Tag an wie ein eigenes Kind.

Als Hans Doernberg mit neun anderen Ingenieuren von Garmisch nach Samoa ge-

schickt wurde, um im Auftrag der Firma Brandwieser & Co. das Projekt eines Fluchthafens vor Taifunen auszuführen, hatte er in einem langen Gespräch zu Lisa, seiner Frau, gesagt:

»Gut. Du hast recht – Samoa ist weit weg. Aber es ist eine herrliche Insel, eine Art Südsee-Paradies, bewohnt von freundlichen Menschen, ein erträgliches Klima, bis zum Ersten Weltkrieg war es deutsche Kolonie, die Hauptstraße von Apia sieht aus, als sei die Zeit stehengeblieben, die Häuser, die Kirchen, die Gärten, viele sprechen Deutsch, haben es von ihren Groß- oder Urgroßeltern gelernt, man fühlt sich sofort wie zu Hause... Lisa, es ist die größte Chance meines Lebens: Projektleiter eines 25-Millionen-Auftrages.«

»Wie lange?« hatte Lisa kurz gefragt.

»Wenn alles nach Plan geht – ungefähr drei Jahre. Aber wer weiß das im voraus? Auf Samoa hat man sich noch einen Schatz bewahrt, den niemand den Samoanern rauben kann: Zeit! Also sagen wir: Vier Jahre.«

»Dann ist Peterle zehn.«

»Er wird sich rasch einleben. Er wird schneller Englisch lernen, als wir es taten. Es gibt dort eine High-School, er wird viele neue Freunde haben – bei Kindern ist das Einleben kein Problem.«

So schien es wirklich zu sein ... das »Kind mit der Sonne im Haar« eroberte auf seine Weise das Märchen Samoa, lachte nicht mehr über die Polizisten, die blaue Röcke über nackten Beinen trugen, aber auf dem Kopf einen hochgewölbten runden Helm, und spielte mit den eingeborenen Kindern, als sei er schon immer in einer kleinen, selbstgebauten Palmhütte aufgewachsen und nie in Garmisch mit einer Seilbahn hinauf in die Berge gefahren. Und nach vier Monaten verständigte er sich schon mit seinen Spielgefährten in der aus Samoanisch und Englisch gemischten Inselsprache, während seine Freunde fleißig Deutsch lernten und vor allem mit breitem Grinsen in den braunen Gesichtern »Idiot«, »dummer Hund« oder sogar, besonders gern, weil es so schön zischte, »Scheiße« sagten.

Aber jetzt, seit zwei Wochen, jeden Abend, wenn die Hitze aus dem ewig blauen Himmel erlosch und eine samtwarme Nacht sich über die Insel deckte, saß er am Fenster und blickte über Palmenwald und Ozean in die Ferne.

»Er ist traurig, Misses«, sagte U'Nukuva, der

Boy, und verzog sein Gesicht, als spürte er innerlich große Schmerzen.

Und Mapula, die Köchin, begann zu weinen und klagte: »Nicht einmal Kokospudding mag er mehr! Sitzt immer nur da am Fenster. Er ist krank, Misses, wir müssen einen Doktor holen.«

Eines Abends setzte sich Doernberg neben Peterle ans Fenster, legte den Arm um seine Schulter und sah mit ihm hinaus auf den vom Sonnenuntergang golden leuchtenden Ozean. Davor standen die Palmen, schon schwarz gegen den glutenden Himmel, wie riesige fächerische Scherenschnitte.

»Was ist los mit dir?« fragte Doernberg.

Der Junge blickte zu seinem Vater auf, mit großen, fragenden Augen.

»Ich warte ...«, sagte er endlich.

»Auf was?«

»Auf Schnee. Einmal muß es doch schneien, Papa ...«

»Auf Samoa schneit es nie.«

»Nie ...«

Doernberg nickte und strich Peterle über das Haar. Schnee ... wer hätte daran gedacht. Er vermißt den Schnee.

»Wir leben nicht mehr in Garmisch«, sagte er und zog seinen Jungen an sich. »Auf Samoa ist alles anders, das hast du doch schon gemerkt...«

»Wann... wann ist dann Weihnachten, Papa...?«

»In genau zehn Tagen. Nur noch neunmal schlafen...«

»Kommt das Christkind nicht nach Samoa?«

»Warum sollte es nicht kommen?« Doernbergs Stimme war plötzlich belegt, ein innerer Druck auf den Kehlkopf veränderte sie. »Natürlich kommt das Christkind auch nach Samoa.«

»Ohne Schnee? Es war immer Schnee, Papa, wenn das Christkind gekommen ist. Und immer hat es einen Weihnachtsbaum mitgebracht. Mit bunten Kugeln und Engelchen und Kerzen. Glaubst du, daß es uns hier findet?«

»Natürlich findet es uns, Peterle.« Doernberg blickte hinüber zu Lisa. Sie saß in einem Rattansessel und sah ihren Mann mit einer Traurigkeit an, die zu ihm übersprang. Schnell wandte sich Doernberg wieder seinem Sohn zu.

»Und wenn das Christkind nicht kommen kann...?« fragte er stockend.

»Ich will nach Hause.« Peterle stützte den

Kopf wieder auf seine Fäuste und starrte hinaus in die nun vom Mond und einem glitzernden Sternenhimmel erhellte Dunkelheit. »Ich will das Christkind sehen und den Baum und die Kugeln. Ich will Weihnachten haben. Papa, warum gehen wir nicht zurück nach Garmisch ...?«

Eine Frage, auf die es viele Antworten gab ... nur, ein sechsjähriger Junge würde sie nicht verstehen.

Seitdem die deutschen Ingenieure in Apia waren und in den neuen Häusern auf dem Hügel lebten, hatten sie im Hotel der schon zu Lebzeiten zur Sage gewordenen Aggi Gray einen Stammtisch eingerichtet, in einer Ecke des hölzernen Saales mit Blick auf die Blumenbeete, Palmen und Frangipanibüsche des großen Innenhofes. Ein kleines Paradies für sich, und Aggi mit ihren nun 86 Jahren thronte darin wie ein Erzengel. Samoa ohne Aggi, das war kaum noch denkbar.

»Ich habe ein Problem, Jungs«, sagte Doernberg, blickte über den Stammtisch seine Arbeitskameraden an und preßte beide Hände um das Bierglas. Bier aus Apia, gebraut von einem deutschen Braumeister aus Weihenstephan.

»Mein Sohn wartet auf Schnee und das Christkind ...«

»Du solltest ihn aufklären, Hans.« Fritz Heimisch aus München lachte. »Oder häng ein Foto mit Garmisch im Schnee an die Wand.«

»Ihr seid alle allein, ihr habt keine Kinder, was wißt ihr, wie es in einer solchen kleinen Seele aussieht?!« Doernberg nahm einen großen Schluck Bier, seine Kehle war wie verledert. »Kein Schnee, ohne Schnee kein Christkind, ohne Christkind kein Weihnachtsbaum ... erklär das mal dem Kleinen. Mit sechs Jahren kann man das nicht begreifen. Das Christkind kommt vom Himmel ... und gerade über Samoa ist ein weiter, wunderbarer, strahlender Himmel ...«

»Der Himmel!« Lothar Schmitz aus Köln hob sein Bierglas. Sein rundes Gesicht glänzte vor Schweiß. Die Rotorflügel der großen Ventilatoren an der Decke schleuderten wenig Kühlung in den Raum, sie quirlten die heiße Luft nur herum. »Jungs, es ist nur eine Idee, eine total verrückte Idee ... aber warum soll man gerade auf Samoa der Verrücktheit ausweichen? Abwarten, Jungs, und Bier trinken!«

Schmitz tat sehr geheimnisvoll, wollte trotz Drängens nichts von seiner Idee verraten, trank sieben Bier und vier Ingwerschnäpse und ließ sich, kölsche Lieder singend, von Heimisch nach Hause bringen.

Am nächsten Tag – noch neun Tage bis Weihnachten – lief in der Zentrale von Brandwieser & Co. ein Telegramm mit dem seltsamen Text ein:

»Auf Samoa gibt's zwar deutsches Bier, aber keinen deutschen Weihnachtsbaum. Und das Christkind irrt umher und sucht uns. Wer kann ihm den Weg zeigen? Schmitz und neun vergessene Ingenieure.«

»Verstehen Sie das, Chef?« fragte die Sekretärin. Sie hatte das Telegramm aus dem Kuvert geholt und vorgelesen.

»Sie nicht, Gerda?«

Brandwieser wischte sich über die Augen und nahm dann das Telegramm in die Hand.

»Ich weiß nicht...« Die Sekretärin machte ein ratloses Gesicht.

»Aber ich weiß.« Brandwieser glättete das Papier des Telegramms mit dem Handrücken. »Auf Samoa gibt es keinen Tannenbaum, nur Palmen. Haben Sie schon mal Palmen mit Weihnachtskugeln und Kerzen gesehen?«

»Nein...« Die Sekretärin versuchte ein

schiefes, hilfloses Lächeln. »Das gibt's doch nicht.«

»Eben!« Brandwieser griff zum Telefon, suchte im klappbaren Telefonverzeichnis eine Adresse und wählte dann die Rufzahlen. »Und wehe Ihnen, Gerda, wenn Sie über das, was Sie jetzt hören, auch nur einen Ton von sich geben . . .«

Am 24. Dezember, morgens gegen neun Uhr, erhielt Doernberg einen Anruf. Er saß in seinem Konstruktionsbüro in der Nähe des Hafens von Apia, es war schon ungewöhnlich heiß um diese Zeit, vom blaßblauen Himmel glutete die Sonne, das Meer lag fast unbeweglich unter einem flimmernden Schleier verdunstender Luft. Die Klimaanlage summte leise.

Weihnachten. Heiliger Abend.

Wenn in der unendlich weiten Heimat die Kerzen brannten, würde es gerade heute auf Samoa ein besonders drückender Abend werden.

Drückend vor Hitze und drückend vor Heimweh nach Schnee, Weihnachtsbaum, Christkind, Printen und Spekulatius, Zimtsternen und Lebkuchen. Und Peterle war noch stiller geworden in den vergangenen neun Tagen, war wie in sich hineingekrochen, saß wie in den Wochen zuvor am offenen Fenster, den Kopf an den Moskitodraht gedrückt, starrte hinaus auf Palmen und Ozean und bewegte lautlos die Lippen.

»Ja –«, sagte Doernberg. Sein Kopf zuckte vor, die Hand umklammerte den Hörer, als habe er plötzlich eine Stütze nötig. »Ja. Ich verstehe. Vor einer Stunde angekommen. Zehn vernähte Säcke aus Deutschland. Ich sause sofort zu euch zum Airport! Ja, mit einem Transporter. Zehn große Säcke? Ed, das ist der schönste Telefonanruf in meinem Leben. Wie lange sind Sie schon auf Samoa?«

»Ich bin hier geboren, Sir...«

»Dann können Sie es nicht verstehen, Ed.« Doernbergs Stimme kam ins Schwanken. »Heute ist wirklich Weihnachten. Weihnachten! Jetzt hat das Wort einen himmlischen Klang...«

Um die Mittagszeit fuhr Doernberg nicht wie immer vor das Haus und kam über die Terrasse herein, sondern er fuhr in die Garage, schloß die Tür ab und steckte den Schlüssel in die Hosentasche.

»Ich schlage vor«, sagte er während des Essens, »ihr geht am Abend in die Weihnachtsandacht. Diesmal ist es umgekehrt wie sonst, heute decke ich den Tisch und kümmere mich um den Braten. Keine Widerrede! Auch wenn es keinen Schnee gibt... Heiligabend ist überall, auch auf Samoa.«

Früher als sonst kam Doernberg am Nachmittag aus dem Konstruktionsbüro zurück und ging sofort in die Küche. Er war fröhlich wie selten, hatte mit seinen neun Kollegen auf die Säcke und die Idee von Schmitz zwei Whiskys getrunken und klatschte in die Hände. Lisa und Peterle trugen schon ihre Sonntagskleider, so wie zu Hause, wo der Heilige Abend der schönste Abend des Jahres ist. Der Abend, an dem die Großen wieder klein und Herz und Seele demütig und von tiefer Freude umklammert werden.

»Die Andacht beginnt um sieben in der deutschen Kirche«, sagte Doernberg und zog Lisa die Schürze vom Körper. »Fahrt schon los, damit ihr einen guten Platz bekommt. Es wird sehr voll werden...«

Als sie mit Lisas kleinem Geländewagen losfuhren nach Apia, zu der weiß und blau gestrichenen, mit einem eckigen Glockenturm verzierten ehemaligen deutschen Kirche, die man auf Samoa stolz »die Kathedrale« nannte, blickte er ihnen nach und hob winkend die Hand. Peterle hatte sich zu ihm umgedreht, aber seine traurigen Augen konnte er nicht mehr sehen.

Dann hatte es Doernberg eilig. Er rannte zum Holzschuppen, sägte dicke Bretter in Streifen, vernagelte sie zu einem Gestell und schleppte anschließend den schweren, länglichen Leinensack ins Haus. Als er ihn aufgeschnitten hatte, fiel ihm als erstes ein großer Zettel in die Hand.

»Leider war es unmöglich, Schnee aus Garmisch nach Samoa zu schicken. Bei uns liegt er heuer vierundsechzig Zentimeter hoch, und ihr schwitzt sicherlich. Trotzdem... frohe Weihnachten. Der Wald beim Pachnerkogel und Brandwieser.«

»Das vergess' ich Ihnen nie, Brandwieser...«, sagte Doernberg und ärgerte sich, daß seine Stimme dabei schwankte. »Nie!«

Dann begann er auszupacken, und das unerklärliche Gefühl, das Weihnachten in die Menschen senkt, ergriff auch ihn, als sei er wieder ein kleiner Junge wie Peterle.

Die Heilige Nacht war heller und wärmer als sonst. Die Ochsenfrösche quakten laut und herrisch, Nachtvögel lärmten in den Palmen und Blütenbüschen, die Frangipaniblüten durchsetzten mit ihrem betörenden süßen

Duft die Abendluft. Das leise Rauschen des Ozeans klang bis hinauf zum Hügel, die Lampen in den runden, auf Pfählen stehenden und offenen Hütten der Samoaner zauberten flimmernde Tupfen über das Land, und der Rauch mit dem Geruch von bratendem Fleisch zog über die Gemüsefelder und die Papaya- und Mango-Plantagen.

Doernberg stand auf der Terrasse seines Hauses, gelehnt an eine der rotlackierten Holzsäulen, und wartete auf Lisa und seinen Sohn.

Er hatte alle Lichter gelöscht, nur der helle Nachthimmel gab noch Licht ... der Mond, der hier in der Südsee auf dem Rücken liegt, und die Sterne, die nirgendwo so ergreifend glitzern wie an diesem Firmament – ein Gewölbe aus Diamanten.

Endlich kamen sie aus Apia zurück, er sah die vier eckigen Scheinwerfer des Wagens die Hügelstraße hinaufschwanken, und er lief ihnen entgegen, als sie vor dem Haus hielten, umarmte Lisa und küßte sie, was sie mit stummer Verwunderung erfüllte, hob Peterle hoch und trug ihn auf die Terrasse.

»Was ist passiert?« fragte Lisa und sah sich um. Sie hielt Doernberg am Ärmel fest. Er trug seinen schwarzen Festtagsanzug und sah sehr feierlich aus. »Alles dunkel! Ein Kurzschluß ... auch das noch!«

»Es ist Licht genug für uns.« Doernberg setzte Peterle ab und ergriff seine Hand. Mit der anderen tastete er nach Lisa. »Die Augen zu! Beide! Und macht sie erst auf, wenn ich es sage ... Augen zu ...!«

Sie taten es und tappten an seiner Hand ins Haus, kniffen fest die Lider zusammen und dachten: Jetzt sind wir im großen Zimmer. Lisa hob mit geschlossenen Augen schnuppernd den Kopf. Es war vollkommen still um sie herum, nur ihren eigenen Atem hörten sie. Was ist das für ein merkwürdiger Duft? Wie Bratäpfel riecht das, mit Zimt und Nelken. Und Lebkuchen ist es auch, und Vanille ... und ... Aber da ist noch ein anderer Geruch ... nach frischem Holz, nach versengten Tannennadeln, ja, nach Tannen ... verrückt ist das. Auf Samoa gibt es keine Tannenbäume. Mein Gott, er hat einen Spray mit Tannenduft gekauft und ihn versprüht. Auf so eine Idee kann auch nur Hans kommen. Wo hat er hier auf Samoa bloß den Spray aufgetrieben?

»Augen auf!« rief Doernberg.

Und dann war es still im Zimmer, ganz still.

Vor ihnen flackerten an einem Weihnachtsbaum die Kerzen, leuchteten die Kugeln in den Zweigen, schwebten bunte Holzengel, glitzerten silbern die Lamettafäden, und auf der Baumspitze breitete ein Rauschgoldengel mit langen goldenen Locken und in einem mit Spitzen besetzten Kleid die Arme aus.

Doernberg räusperte sich, warf einen Blick zur Seite auf Lisa, sah ihre Tränen über das zuckende Gesicht rinnen, obwohl ihre Lippen lachten, holte tief Atem und begann zu singen.

Stille Nacht... Heilige Nacht...

Und dünn, ganz dünn vor Glück und Seligkeit sangen Lisa und Peterle mit, und alle hatten sich an der Hand gefaßt, standen wie eine unzerreißbare Kette vor dem glitzernden Baum, Peterle in der Mitte, und es war wirklich eine Heilige Nacht, und wenn man in den Tannenbaum blickte, ganz, ganz tief, sah man sogar den Schnee lautlos aus dem Himmel rieseln.

»Ich habe es gewußt«, sagte Peterle, als das Lied gesungen war. »Das Christkind findet uns, auch hier auf Samoa... Ich habe zu ihm immer gerufen: Wir wohnen auf der Stevenson Road. In Samoa... Papa, es hat uns wirklich gefunden... Das Christkind kommt auch nach Samoa, auch wenn es nicht schneit...«

Weihnachten.

Gibt es ein schöneres Wort?

Und draußen, im Tümpel zwischen den Palmen, quakten die Ochsenfrösche...

DAPHNE DU MAURIER

Fröhliche Weihnachten

Familie Lawrence wohnte in einem großen Haus am Rande der Stadt. Mr. Lawrence war ein Mann von großer und kräftiger Statur, auf seinem runden Gesicht lag stets ein Lächeln. Jeden Tag fuhr er mit seinem Wagen in sein Stadtbüro, wo er einen mit Rolladen verschließbaren Schreibtisch und drei Sekretärinnen hatte. Vormittags telefonierte er, danach ging er zu einem Geschäftsessen, um anschließend wieder zu telefonieren. So verdiente er eine Menge Geld.

Mrs. Lawrence' Haare waren blond und ihre Augen blau, wie bei einer Porzellanpuppe. Mr. Lawrence nannte sie »Kätzchen«, aber sie war kein hilfloses Wesen. Ihre Figur war makellos und ihre Fingernägel lang, und nachmittags spielte sie in der Regel Bridge.

Bob Lawrence war zehn. Er war wie Mr. Lawrence, nur kleiner. Er interessierte sich für elektrische Eisenbahnen, also hatte sein

Vater eine Miniaturbahn im Garten installieren lassen. Marigold Lawrence war sieben. Sie war wie Mrs. Lawrence, nur runder. Sie hatte fünfzehn Puppen. Irgendwie blieben sie bei ihr nie lange heil.

Träfe man die Lawrence' zufällig, würde nichts Außergewöhnliches an ihnen auffallen. Genau das war der Haken. Sie waren einfach zu sehr wie alle anderen. Für sie war das Leben bequem und sorgenfrei, was natürlich sehr angenehm war.

Heiligabend verbrachte Familie Lawrence so wie jede andere Familie auch. Mr. Lawrence kam früh aus der Stadt zurück, um dabeizustehen, wenn das ganze Haus für Weihnachten hergerichtet wurde. Er lächelte mehr denn je, steckte die Hände in die Hosentaschen und schimpfte: »Paß doch auf, du Idiot«, als er über den Hund stolperte, der sich hinter Tannenzweigen versteckt hielt. Mrs. Lawrence hatte ausnahmsweise auf ihr Bridge verzichtet und hängte Lampions an eine quer durchs Wohnzimmer gespannte Leine. Eigentlich war es der Gärtnerjunge, der die Lampions aufhängte, aber Mrs. Lawrence verzierte sie mit kleinen bunten Papierrüschen und hielt sie ihm hin. Und weil sie dabei unaufhörlich rauchte, stieg dem Gärt-

nerjungen der Rauch in die Augen. Aber er war zu höflich, um ihn fortzuwedeln. Bob Lawrence und Marigold tollten im Wohnzimmer herum, sprangen auf Sofas und Sessel und schrien:

»Was bekomme ich wohl morgen? Eine Eisenbahn? Eine Puppe?« Bis es Mr. Lawrence zu bunt wurde und er sagte: »Wenn ihr nicht mit dem Krach aufhört, bekommt ihr gar nichts.« Aber die Kinder hörten an seiner Stimme, daß er es nicht ernst meinte, und fielen nicht darauf herein.

Gerade als die Kinder ins Bett gehen sollten, wurde Mrs. Lawrence ans Telefon gerufen. »Verdammt!« sagte sie, und dem Gärtnerjungen stieg noch mehr Rauch in die Augen. Mr. Lawrence hob einen Tannenzweig auf und steckte ihn hinter ein Bild. Er pfiff vergnügt vor sich hin.

Mrs. Lawrence blieb fünf Minuten fort, und als sie wiederkam, sprühten ihre blauen Augen, und ihr Haar war zerzaust. Sie sah aus wie ein Kätzchen. Wie eines, das man auf den Arm nimmt, um »miez, miez« zu sagen, und schnell wieder absetzt.

»Das ist aber wirklich zu dumm!« sagte sie, und einen Augenblick lang glaubten die Kinder, sie würde anfangen zu weinen.

»Was zum Teufel ist denn los?« fragte Mr. Lawrence.

»Es war der Flüchtlingskommissar für diesen Bezirk«, sagte Mrs. Lawrence. »Ich habe dir ja erzählt, daß es hier von Flüchtlingen nur so wimmelt. Ich mußte uns auch als mögliche Gastgeber eintragen, als das alles anfing. Ich habe natürlich nicht daran gedacht, daß es ernst werden könnte. Und jetzt ist es soweit. Wir müssen ein Ehepaar aufnehmen – heute nacht.«

Mr. Lawrence lächelte nicht mehr. »Hör mal«, sagte er, »der Flüchtlingskommissar kann doch niemand damit überfallen. Warum hast du ihn nicht zum Teufel gewünscht?«

»Habe ich ja«, versetzte Mrs. Lawrence ärgerlich, »und er konnte nur beteuern, es tue ihm leid, aber es wäre für alle dasselbe, in jedem Haus müßten sie es tun, und er sagte was von ›Zwangsmaßnahme‹. Das habe ich zwar nicht verstanden, aber es klang unangenehm.»

»Das können die nicht machen«, sagte Mr. Lawrence, dabei schob er seine Unterlippe vor. »Ich werde einen Vorgesetzten anrufen und dafür sorgen, daß man diesen Kommissar rauswirft, ich fahre persönlich in die Stadt, ich –.«

»Ach, was soll das denn nützen?« fragte Mrs. Lawrence. »Wir wollen uns deshalb nicht aufregen. Vergiß nicht, es ist Heiligabend, und jetzt ist niemand mehr in der Stadt. Dieses Pack ist ja sowieso schon unterwegs, und wir können ja nicht einfach unsere Türen verschlossen halten. Ich werde es wohl dem Personal beibringen müssen.«

»Was wollen die Flüchtlinge denn?« riefen die Kinder aufgeregt. »Wollen sie unsere Sachen haben? Wollen sie uns unsere Betten wegnehmen?«

»Natürlich nicht«, sagte Mrs. Lawrence streng. »Redet nicht so dummes Zeug!«

»Wo sollen wir sie unterbringen?« fragte Mr. Lawrence. »Die Dalys und die Collins' kommen doch morgen, da sind alle Zimmer besetzt. Du meinst doch nicht, daß wir sie ausladen sollten?«

»Keine Sorge«, sagte Mrs. Lawrence, und ihre blauen Augen funkelten.

»Das ist doch wenigstens etwas, was wir wahrheitsgemäß sagen können, daß das Haus schon voll ist. Nein, die Flüchtlinge können das Zimmer über der Garage haben. Bis jetzt war es ganz trocken, also wird die Feuchtigkeit noch nicht eingedrungen sein. Da steht auch ein Bett, das wir vor zwei Monaten ausrangiert haben – es hat keine Sprungfedern mehr. Aber es ist ganz in Ordnung. Und ich glaube, das Personal hat einen Ölofen, der nicht benutzt wird.«

Mr. Lawrence lächelte. »Du hast wohl schon alles organisiert, nicht? Niemand kann es mit dir aufnehmen, Kätzchen. Na ja, solange es uns nicht schadet, ist mir alles gleich.« Erleichtert beugte er sich über Marigold und hob sie hoch. »Wir lassen uns Weihnachten doch nicht verderben, was, meine Süße?« fragte er. Und er warf Marigold in die Luft, und sie kreischte vor Vergnügen.

»Das ist gemein«, sagte Bob Lawrence, sein rundes Gesicht war rot vor Wut. »Marigold ist jünger als ich, und sie will auch so einen großen Strumpf aufhängen wie ich. Ich bin der Älteste, darum muß ich auch den größten Strumpf haben, oder?«

Mr. Lawrence fuhr seinem Sohn mit der Hand durchs Haar. »Trag es wie ein Mann, Bob«, sagte er ruhig. »Ärgere deine Schwester nicht. Morgen habe ich etwas für dich, das ist besser als alle Spielsachen in deinem Strumpf.«

Bob hörte auf zu quengeln. »Ist es was für meine Eisenbahn?« fragte er aufgeregt. Mr. Lawrence blinzelte ihm zu, ohne zu antwor-

ten. Bob hüpfte auf seinem Bett herum. »Mein Geschenk ist größer als Marigolds«, heulte er triumphierend, »viel, viel größer!«

»Nein, nein, meins ist genauso schön, ja, Dad?«

Mr. Lawrence rief das Kindermädchen. »Beruhigen Sie bitte die Kinder. Ich glaube, sie geraten außer Rand und Band.« Lachend stieg er die Treppe hinab.

Mrs. Lawrence kam ihm auf halber Höhe entgegen. »Sie sind da«, sagte sie. Ihre Stimme klang alarmierend.

»Und?« fragte er.

Sie zuckte mit den Achseln und verzog das Gesicht. »Juden«, sagte sie knapp und ging ins Kinderzimmer.

Mr. Lawrence murmelte etwas, dann zog er seine Krawatte zurecht und setzte eine Miene auf, die er Flüchtlingen gegenüber für angemessen hielt, halb streng, halb draufgängerisch. Er ging die Garagenauffahrt hinauf und stieg die morsche Treppe hoch.

»Ha, guten Abend!« dröhnte er jovial beim Betreten des Zimmers. »Ist alles in Ordnung?«

Es war ziemlich dunkel im Zimmer, denn auf der Glühbirne lag der Staub mehrerer Monate. Sie hing in einer Ecke, weit weg vom Bett und dem Ofen. Die beiden Flüchtlinge starrten ihn einen Augenblick wortlos an. Die Frau saß am Tisch. Sie packte ein Brot und zwei Tassen aus einem Korb. Der Mann breitete eine Decke über das Bett. Als Mr. Lawrence sprach, richtete er sich auf und wandte sich ihm zu.

»Wir sind so dankbar«, sagte er, »so, so dankbar.«

Mr. Lawrence hüstelte und unterdrückte ein Lachen. »Oh, keine Ursache«, sagte er.

Es waren Juden, keine Frage. Die Nase des Mannes war riesig, er hatte diesen typischen schmutziggelben Teint. Die Frau hatte große dunkle Augen mit tiefen Schatten. Sie sah krank aus.

»Äh – benötigen Sie noch was?« fragte Mr. Lawrence.

Diesmal antwortete die Frau. Sie schüttelte nur den Kopf. »Wir brauchen nichts«, sagte sie. »Wir sind sehr müde.«

»Überall war es voll«, sagte der Mann. »Niemand konnte uns aufnehmen. Es ist sehr großzügig von Ihnen.«

»Nein, nein«, sagte Mr. Lawrence abwehrend. »Gut, daß wir dieses leere Zimmer hatten. Sie müssen eine schwere Zeit hinter sich haben.«

Darauf entgegneten sie nichts. »Also,

wenn ich nichts mehr tun kann, sage ich gute Nacht. Vergessen Sie nicht, den Ofen niedriger zu stellen, falls er raucht. Und – äh – wenn Sie mehr zu essen brauchen oder Decken oder so was, klopfen Sie einfach an die Hintertür und fragen Sie das Hauspersonal. Gute Nacht.«

»Gute Nacht«, kam das Echo, und die Frau fügte noch hinzu: »Und frohe Weihnachten!«

Mr. Lawrence starrte sie an. »Ach ja, natürlich. Vielen Dank.«

Als er zur Haustür zurückging, schlug er seinen Mantelkragen hoch. Es war kalt. Es würde starken Frost geben. Der Dinnergong ertönte gerade, als er den Eingangsflur betrat. Der Gärtnerjunge hatte endlich alle Lampions aufgehängt, und sie baumelten übermütig von der Decke herab. Mrs. Lawrence mixte sich einen Drink am Tisch vor dem Kamin.

»Beeil dich«, rief sie ihm über die Schulter zu, »sonst ist das Essen ruiniert! Wenn ich etwas nicht ausstehen kann, dann ist es lauwarme Ente.«

»Schlafen die Kinder?« fragte Mr. Lawrence.

»Ich glaube nicht«, sagte Mrs. Lawrence. »Es ist schwer, sie Heiligabend zur Ruhe zu bringen. Ich habe ihnen Kakao gebracht und sie ermahnt, ruhig zu sein. Möchtest du einen Drink?«

Später, als sie sich auszogen, steckte Mr. Lawrence seinen Kopf aus dem Umkleidezimmer herein, in der Hand hielt er eine Zahnbürste.

»Komisch«, sagte er. »Die Frau hat mir frohe Weihnachten gewünscht. Ich wußte gar nicht, daß Juden Weihnachten feiern.«

»Wahrscheinlich weiß sie gar nicht, was es bedeutet«, antwortete Mrs. Lawrence, während sie sich Nährcreme in ihre glatten, runden Wangen massierte.

Nach und nach gingen alle Lichter im Haus aus. Familie Lawrence schlief. Draußen leuchteten die Sterne hell am Himmel. Und in dem Zimmer über der Garage brannte ein Licht.

»Mensch, guck mal, ich habe ein Flugzeug und auch noch eine Lokomotive für meine Eisenbahn!« rief Bob. »Guck, sie funktioniert wie eine echte Lok. Sieh mal den Propeller.«

»Habe ich auch zwei Sachen von Dad?« fragte Marigold, während sie fieberhaft in den Bergen von Geschenkpapier auf ihrem Bett herumwühlte. Die große Puppe, die sie gerade erst ausgepackt hatte, warf sie beiseite. Mit hochrotem Kopf schrie sie das Kindermädchen an: »Wo ist mein zweites Geschenk von Dad?«

»Das kommt davon, wenn man so gierig ist«, zog Bob sie auf. »Guck mal, was *ich* habe.«

»Dein blödes Flugzeug mache ich kaputt«, sagte Marigold. Die Tränen rannen ihr über das Gesicht.

»Weihnachten darf man nicht zanken«, sagte das Kindermädchen. Sie zog triumphierend eine kleine Schachtel aus dem Papierhaufen hervor. »Sieh mal, Marigold, was ist denn das hier?«

Marigold riß das Papier ab. Bald hielt sie eine glitzernde Halskette in den Händen. »Ich bin eine Prinzessin! Ich bin ein Prinzessin!«

»Die ist aber nicht sehr groß!« Bob warf ihr einen vernichtenden Blick zu.

Unten im Wohnzimmer ließen sich Mr. und Mrs. Lawrence gerade den Tee servieren. Es war geheizt, die Gardinen waren zurückgezogen, und das Sonnenlicht durchflutete den Raum.

Die Briefe und Päckchen blieben jedoch unbeachtet, da Mr. und Mrs. Lawrence völlig entgeistert hörten, was das Mädchen Anna ihnen zu erzählen hatte.

»Ich glaube es einfach nicht, das ist doch unerhört«, meinte Mr. Lawrence.

»Kein Wunder, das ist doch typisch für diese Art Menschen«, versetzte Mrs. Lawrence.

»Dieser Flüchtlingskommissar kann vielleicht was erleben!« sagte Mr. Lawrence.

»Er wird wohl nichts davon gewußt haben«, sagte Mrs. Lawrence. »Die haben ganz genau aufgepaßt, daß man nichts merkt. Jedenfalls können wir sie jetzt nicht mehr hierbehalten. Hier kann sich keiner um die Frau kümmern.«

»Wir müssen einen Krankenwagen bestellen und sie abholen lassen«, sagte Mr. Lawrence. »Ich fand, daß die Frau schlecht aussah. Sie ist wohl sehr zäh, daß sie das alleine durchstehen konnte.«

»Ach, solche Menschen haben keine Schwierigkeiten beim Kinderkriegen«, behauptete Mrs. Lawrence. »Sie spüren fast gar nichts dabei. Jedenfalls bin ich froh, daß sie in dem Zimmer über der Garage und nicht im Haus waren. Da können sie nicht allzuviel Schaden angerichtet haben.«

»Anna!« rief sie hinter dem Mädchen her. »Sag dem Kindermädchen, die Kinder sollen nicht zur Garage gehen, bis der Krankenwagen hier gewesen ist.«

Jetzt fanden sie Zeit für ihre Briefe und Päckchen.

»Na, jetzt haben wir doch allen etwas Lustiges zu erzählen«, sagte Mr. Lawrence. »Dann schmecken der Truthahn und der Plumpudding noch mal so gut.«

Nachdem sie gefrühstückt und sich angezogen und die Kinder mit ihren Geschenken auf den Betten der Eltern herumgetobt hatten, machten sich Mr. und Mrs. Lawrence auf den Weg zur Garage. Sie wollten sehen, was man mit den Flüchtlingen anfangen sollte. Die Kinder sollten mit den neuen Sachen im Kinderzimmer spielen, denn – da waren sich das Kindermädchen und Mrs. Lawrence einig – es war schon peinlich, was da passiert war. Außerdem konnte man ja nie wissen ...

Vor der Garage hatte sich ein kleiner Trupp schwatzender Dienstboten versammelt. Es waren die Köchin, der Hausdiener, eines von den Stubenmädchen und der Chauffeur und sogar der Gärtnerjunge.

»Was ist hier los?« fragte Mr. Lawrence.

»Sie sind abgehauen«, antwortete der Chauffeur.

»Wieso denn abgehauen?«

»Als wir gefrühstückt haben, ist der Kerl weggegangen und hat sich ein Taxi besorgt«, sagte der Chauffeur. »Wahrscheinlich ist er zum Taxistand am Ende der Straße gegangen. Zu uns hat er kein Sterbenswörtchen gesagt.«

»Und wir haben gehört, wie der Wagen gekommen ist, und der Mann und der Taxifahrer haben die Frau ins Auto getragen.«

»Der Kerl hat nach einem Krankenhaus gefragt, und wir haben ihm gesagt, daß es ein jüdisches Krankenhaus auf dem Weg zur Stadt gibt«, sagte der Chauffeur. »Er hat sich entschuldigt, daß er uns so viel Umstände gemacht hat. Aalglatt war der.«

»Und das Baby. Wir haben das Baby gesehen«, kicherte das Hausmädchen. Dann wurde sie plötzlich ohne ersichtlichen Grund rot.

»Ja«, meinte die Köchin, »ein richtiger kleiner Jude, ganz der Vater.«

Da mußten alle lachen und guckten sich dumm an.

»Dann können wir wohl nichts mehr tun«, sagte Mr. Lawrence.

Die Dienerschaft löste sich auf. Die Aufregung legte sich wieder. Man mußte schließlich noch die Weihnachtsfeier vorbereiten. Von dem ganzen Hin und Her fühlten sie sich schon ganz abgehetzt, dabei war es erst zehn Uhr.

»Wir sehen besser mal nach«, befand Mr.

Lawrence und deutete auf die Garage. Mrs. Lawrence verzog das Gesicht und folgte ihm.

Sie stiegen die morsche Treppe hinauf, die zu dem kleinen dunklen Zimmer auf dem Boden führte. Es gab kein Anzeichen von Unordnung. Das Bett war wieder an die Wand gerückt, die Decke lag ordentlich gefaltet am Fußende. Stuhl und Tisch standen an ihrem Platz. Durch das geöffnete Fenster strömte die frische Morgenluft herein. Der Ofen war abgestellt. Es gab nur ein Zeichen dafür, daß jemand im Zimmer gewesen war. Auf dem Fußboden neben dem Bett stand ein Glas kaltes Wasser.

Mr. Lawrence sagte nichts. Mrs. Lawrence sagte auch nichts. Sie gingen ins Haus und in ihr Wohnzimmer zurück. Mr. Lawrence ging langsam zum Fenster hinüber und sah in den Garten hinaus. Am anderen Ende konnte er Bobs Miniaturbahn sehen.

Mrs. Lawrence packte ein Geschenk aus, das sie beim Frühstück übersehen hatte. Über ihnen tobten und schrien die Kinder. Ein Zeichen dafür, daß sie sich gut amüsierten oder in den Haaren lagen.

»Willst du nicht Golf spielen? Wolltest du nicht um elf die anderen treffen?« fragte Mrs. Lawrence.

Mr. Lawrence setzte sich am Fenster hin. »Ich habe keine große Lust dazu«, sagte er.

Mrs. Lawrence legte das Schminkköfferchen beiseite, das sie gerade aus mehreren Lagen Papier gepellt hatte.

»Komisch«, sagte sie. »Ich fühle mich auch so leer, ich habe gar kein richtiges Weihnachtsgefühl.«

Durch die geöffnete Tür sahen sie, wie der Tisch im Wohnzimmer für das Mittagessen gedeckt wurde. Die Dekoration nahm sich gut aus, zwischen dem Silber standen kleine Blumensträußchen. Um die Mitte herum lag ein großer Haufen Knallbonbons.

»Ich weiß wirklich nicht, was wir sonst noch hätten tun können«, sagte Mrs. Lawrence plötzlich. Mr. Lawrence antwortete nicht. Er stand auf und ging im Zimmer auf und ab. Mrs. Lawrence zupfte den Tannenzweig hinter einem Bild zurecht.

»Sie haben uns ja schließlich um nichts gebeten«, sagte Mrs. Lawrence.

»Der Mann hätte schon was gesagt, wenn es der Frau oder dem Baby schlechtgegangen wäre. Sicher sind beide wohlauf. Es ist eine zähe Rasse.«

Mr. Lawrence zog eine Zigarre aus seiner Westentasche und steckte sie wieder ein.

»In dem jüdischen Krankenhaus sind sie viel besser aufgehoben als hier«, sagte Mrs. Lawrence, »unter ärztlicher Aufsicht und Pflege und so. Wir wären damit nicht fertig geworden. Außerdem sind sie so schnell verschwunden, ohne fremde Hilfe. Wir hatten ja gar keine Gelegenheit, etwas zu sagen.«

Mr. Lawrence nahm sich ein Buch und klappte es wieder zu. Mrs. Lawrence nestelte nervös an dem Gürtel ihres Kleides.

»Ja, natürlich«, sagte sie plötzlich, »ich werde hinfahren und mich nach ihnen erkundigen und ihnen Obst und so was hinbringen, vielleicht auch warme Stricksachen. Ich frage sie, ob sie sonst noch was brauchen. Ich könnte heute morgen gehen, aber ich muß ja noch die Kinder zur Kirche bringen ...«

Und dann öffnete sich die Tür. Die Kinder kamen herein.

»Ich trage meine neue Kette«, sagte Marigold. »Bob hat nichts Neues zum Anziehen.« Sie wirbelte wie eine Ballerina auf ihren Zehenspitzen herum. »Beeil dich, Mummy, sonst kommen wir zu spät und können nicht mehr sehen, wie die ganzen Leute hereinkommen.«

»Hoffentlich singen sie das Weihnachtslied, das wir in der Schule gelernt haben, dann brauche ich den Text nicht abzulesen. Warum wurde Jesus in einem Stall geboren, Dad?«

»Sie fanden keinen Raum in der Herberge«, antwortete Mr. Lawrence.

»Wieso, waren sie denn Flüchtlinge?« fragte Marigold.

Einen Augenblick lang antwortete niemand, dann stand Mrs. Lawrence auf und band sich ihr Haar vor dem Spiegel.

»Frag doch nicht so etwas Dummes, mein Liebes«, sagte sie.

Mr. Lawrence zog die Fensterflügel auf. Vom Garten her hörte man die Kirchenglokken läuten. Die Sonne verwandelte den sauberen, weißen Rauhreif in glitzerndes Silber. Mr. Lawrence hatte einen eigenartigen, nachdenklichen Gesichtsausdruck.

»Wenn ich doch nur ...« Aber er vollendete diesen Satz nicht, denn zwei Wagen kamen mit den Dalys und den Collins' durch das Tor die Auffahrt hinaufgefahren. Die Kinder rannten aufgeregt schreiend auf die Treppe hinaus und riefen laut: »Frohe Weihnachten, frohe Weihnachten!«

W. SOMERSET MAUGHAM

Winter-Kreuzfahrt

Kapitän Erdmann kannte Miss Reid nur flüchtig, bis die *»Friedrich Weber«* Haiti erreichte. Sie war in Plymouth an Bord gekommen, aber da hatte er bereits eine Anzahl von Passagieren aufgenommen, Franzosen, Belgier und Leute aus Haiti, von denen viele schon früher mit ihm gereist waren, und sie erhielt einen Platz am Tisch des Ersten Ingenieurs. Die *»Friedrich Weber«* war ein Frachter, der regelmäßig von Hamburg nach Cartagena an der kolumbianischen Küste fuhr und auf dem Weg einige westindische Inseln anlief. Sie brachte Phosphate und Zement aus Deutschland und nahm Kaffee und Bauholz mit zurück, aber ihre Besitzer, die Gebrüder Weber, waren jederzeit bereit, sie einen Umweg machen zu lassen, wenn es sich für eine Ladung irgendwelcher Art lohnte. Die *»Friedrich Weber«* war darauf eingestellt, Vieh, Maultiere, Kartoffeln oder sonst etwas aufzunehmen, wenn dabei nur die Möglichkeit bestand, einen Pfennig ehrlich zu verdienen. Sie nahm auch Passagiere auf. Sechs Kajüten waren auf dem Oberdeck und sechs unten. Die Einrichtung war nicht luxuriös, aber das Essen war gut, einfach und reichlich, und das Fahrgeld niedrig. Die Rundreise nahm neun Wochen in Anspruch und kostete Miss Reid nicht mehr als fünfundvierzig Pfund. Sie freute sich nicht nur darauf, viele interessante Gegenden von historischer Bedeutung kennenzulernen, sondern sich auch viel Wissenswertes anzueignen, das ihren Geist bereichern konnte.

Der Agent hatte sie darauf vorbereitet, daß sie bis zur Ankunft in Port au Prince in Haiti die Kajüte mit einer anderen Dame teilen müsse. Miss Reid störte das nicht; sie hatte Gesellschaft gern, und als der Steward ihr sagte, daß Madame Bollin ihre Reisegefährtin sei, dachte sie sofort, dies würde eine willkommene Gelegenheit sein, ihr Französisch aufzufrischen. Sie geriet nur leicht aus der Fassung, als sie entdeckte, daß Madame Bollin kohlschwarz war. Sie sagte sich, daß man das Gute und Schlechte ineinanderrechnen müsse, und daß allerlei Sorten nötig seien, um eine Welt zu bilden. Miss Reid war seefest, wie es nicht anders erwartet werden konnte,

da ihr Großvater Marineoffizier gewesen war, aber nach einigen stürmischen Tagen wurde das Wetter gut, und bald kannte sie ihre sämtlichen Reisegefährten. Sie fand leicht Kontakt mit den Leuten. Das war eine der Ursachen, daß sie in ihrem Geschäft erfolgreich gewesen war: Sie besaß eine Teestube in einem berühmten Erholungsort im Westen Englands, und sie hatte für jeden Gast, der hereinkam, ein Lächeln und ein freundliches Wort. Im Winter schloß sie, und die letzten vier Jahre hatte sie immer eine Kreuzfahrt unternommen. Man treffe dabei so interessante Menschen, meinte sie, und man lerne immer etwas. Die Passagiere auf der *»Friedrich Weber«* waren zwar nicht von so guter Klasse wie jene, die sie im Jahr zuvor auf ihrer Mittelmeerfahrt getroffen hatte, aber Miss Reid war kein Snob, und obwohl die Tischmanieren von einigen Leuten sie schockierten, war sie doch entschlossen, die gute Seite von allem zu sehen und sich mit ihnen abzufinden. Sie las sehr gern und freute sich, als sie bei der Durchsicht der Schiffsbücherei viele Bücher von Philip Oppenheim, Edgar Wallace und Agatha Christie entdeckte. Aber da es so viele Leute zum Plaudern gab, fand sie gar keine Zeit zum Lesen und beschloß, damit zu warten, bis sich das Schiff in Haiti leeren würde.

»Schließlich«, sagte sie, »ist die menschliche Natur wichtiger als die Literatur.«

Miss Reid hatte immer im Ruf gestanden, gute Konversation zu machen, und während der vielen Tage auf See stellte sie mit Genugtuung fest, daß die Tischgespräche dank ihrer Bemühung kein einziges Mal stockten. Sie verstand es, die Leute auszufragen, und jedesmal, wenn ein Thema erschöpft schien, hatte sie eine Bemerkung bereit, um es wieder zu beleben, oder ein neues Thema lag ihr schon auf der Zungenspitze, um die Konversation wieder in Gang zu bringen. Ihre Freundin, Miss Price, Tochter des verstorbenen Vikars von Campden, die sie in Plymouth ans Schiff begleitet hatte – denn sie wohnte dort –, hatte oft zu ihr gesagt:

»Weißt du, Venetia, du hast einen männlichen Geist. Du bist nie in Verlegenheit, was du sagen sollst.«

»Nun, ich glaube, wenn du dich für jedermann interessierst, wird sich auch jedermann für dich interessieren«, erwiderte Miss Reid bescheiden.

»Übung macht den Meister, und ich habe die unendliche Fähigkeit, mich zu bemühen,

von der Dickens sagte, daß sie Genie bedeute.«

Miss Reid hieß nicht wirklich Venetia; ihr Name war Alice, aber da er ihr nicht gefiel, hatte sie schon als junges Mädchen den poetischen Namen angenommen, der ihrer Meinung nach so viel besser zu ihrer Persönlichkeit paßte.

Miss Reid hatte viele interessante Gespräche mit ihren Mitreisenden, und sie bedauerte es aufrichtig, als das Schiff endlich Port au Prince anlief und die letzten von ihnen an Land gingen. Die *»Friedrich Weber«* lag zwei Tage dort, so daß Miss Reid die Stadt und die Umgebung besichtigen konnte.

Als sie wieder abfuhren, war sie der einzige Passagier. Das Schiff fuhr an der Küste der Insel entlang und legte in verschiedenen Häfen an, um Ladung zu löschen oder an Bord zu nehmen.

»Hoffentlich geraten Sie allein mit so vielen Männern nicht in Verlegenheit, Miss Reid«, sagte der Kapitän scherzhaft, als sie sich zum Mittagessen niederließen.

Sie hatte ihren Platz zu seiner Rechten, und am Tisch saßen außerdem noch der Erste Maat, der Erste Ingenieur und der Arzt.

»Ich bin eine Frau von Welt, Kapitän. Ich

habe immer gefunden, wenn eine Dame wirklich eine Dame ist, dann benehmen sich Herren auch wie Herren.«

»Wir sind nur rauhe Seemänner, Madam, Sie dürfen nicht zuviel erwarten.«

»Gütige Herzen sind mehr als Adelskronen und schlichter Glaube mehr als Normannenblut, Kapitän«, erwiderte Miss Reid.

Er war ein kleiner, untersetzter Mann, mit glattrasiertem Kopf und einem roten, glattrasierten Gesicht. Er trug ein weißes Trikothemd, das aber außer bei den Mahlzeiten aufgeknöpft war und seine behaarte Brust zeigte. Er war ein jovialer Bursche. Er konnte nur polternd reden. Miss Reid hielt ihn für ein Original, aber sie hatte einen ausgesprochenen Sinn für Humor und war bereit, ihm dies zugute zu halten. Sie nahm die Konversation in die Hand. Sie hatte auf der Hinreise sehr viel über Haiti erfahren und noch mehr während der zwei Tage, die sie dort verbracht hatte, aber sie wußte, daß Männer lieber sprechen als zuhören, und darum stellte sie ihnen eine Reihe von Fragen, zu denen sie die Antworten schon kannte; seltsamerweise aber kannten sie sie nicht. Zuletzt sah sie sich gezwungen, einen richtigen kleinen Vortrag zu halten, und bevor das Mittagessen zu Ende war, hat-

te sie ihnen eine Menge interessanter Informationen übermittelt: über die Geschichte und die wirtschaftliche Lage der Republik, die Probleme, denen die Regierung zu begegnen hatte, und ihre Zukunftsaussichten. Sie sprach ziemlich langsam, mit vornehmer Stimme, und ihr Wortschatz war reich.

Bei Einbruch der Nacht gingen sie in einem kleinen Hafen vor Anker, wo sie dreihundert Säcke Kaffee laden sollten, und der Agent kam an Bord. Der Kapitän forderte ihn auf, zum Abendessen dazubleiben, und bestellte Cocktails. Als der Steward damit kam, glitt Miss Reid in den Salon. Ihre Bewegungen waren gelassen, elegant und selbstsicher. Sie behauptete immer, daß man am Gang einer Frau sofort erkennen könne, ob sie eine Dame sei. Der Kapitän stellte ihr den Agenten vor, und sie setzte sich.

»Was trinken denn die Herren?« fragte sie.

»Einen Cocktail. Wollen Sie einen haben, Miss Reid?«

»Das wäre gar nicht übel.«

Sie trank ihn, und der Kapitän fragte sie etwas zögernd, ob sie noch einen haben wolle.

»Noch einen? Nun, der Kameradschaft wegen – ja.«

Der Agent, der viel weißer war als manche andere, aber zugleich auch sehr viel dunkler als viele andere, war der Sohn eines früheren Gesandten von Haiti am deutschen Hof, und da er lange Jahre in Berlin gelebt hatte, sprach er gut Deutsch. Er hatte tatsächlich aus diesem Grund den Posten bei einer deutschen Schiffahrtsgesellschaft bekommen. Dies veranlaßte Miss Reid, ihnen beim Abendessen die ganze Geschichte einer Rheinreise zu erzählen, die sie einmal gemacht hatte.

Nachher saß sie mit dem Agenten, dem Kapitän, dem Arzt und dem Maat um einen Tisch herum, und alle tranken Bier. Miss Reid hielt es für ihre Aufgabe, den Agenten auszufragen. Die Tatsache, daß sie Kaffee luden, erweckte in ihr den Gedanken, es müsse interessant für ihn sein, wie der Tee auf Ceylon angebaut werde; ja, sie war auf einer Kreuzfahrt in Ceylon gewesen, und die Tatsache, daß sein Vater Diplomat war, machte sein Interesse für die königliche Familie von England zur Gewißheit. Sie verbrachte einen äußerst angenehmen Abend. Als sie sich endlich zur Ruhe begab, denn es wäre ihr nie eingefallen zu sagen, daß sie ins Bett gehen wolle, sagte sie zu sich selber:

»Es besteht kein Zweifel darüber, daß Reisen eine große erzieherische Wirkung hat.«

Es war wirklich ein Erlebnis, mit all diesen Männern alleine zu sein. Wie sie zu Hause lachen würden, wenn sie nach ihrer Heimkehr alles darüber erzählte! Sie würden sagen, daß so etwas nur Venetia passieren könne. Sie lächelte, als sie den Kapitän auf Deck mit seiner starken, dröhnenden Stimme singen hörte. Die Deutschen waren so musikalisch. Er hatte eine drollige Art, mit seinen kurzen Beinen auf und ab zu stolzieren, während er Wagnersche Melodien zu Worten eigener Erfindung sang. Es war aus »Tannhäuser«, was er jetzt sang (dieses entzückende Lied vom Abendstern); doch da Miss Reid kein Deutsch verstand, konnte sie sich nur wundern, was für seltsame Worte er dazu fand. Das war auch gut.

»Oh, welche Pest ist dieses Weib, ich bringe es um, wenn das so bleibt!« Dann ging er zu Siegfrieds Schwertlied über. »Furchtbar, furchtbar, furchtbar ist sie! Ich werfe sie in die See!«

Und das traf natürlich auf Miss Reid zu. Sie war entsetzlich, geradezu erstaunlich und qualvoll langweilig. Sie redete mit steter Eintönigkeit, und es hatte keinen Zweck, sie zu unterbrechen, denn dann fing sie nur wieder von vorn an. Sie hatte einen unstillbaren Durst nach Belehrung, und keine flüchtige Bemerkung konnte über den Tisch hinüber gemacht werden, ohne daß sie unzählige Fragen daran knüpfte. Sie träumte sehr lebhaft, und sie berichtete diese Träume mit unerträglicher Langatmigkeit. Es gab keinen Gegenstand, über den sie nicht etwas Banales zu sagen wußte. Sie hatte einen Gemeinplatz für jede Gelegenheit bereit. Sie zielte auf das Abgedroschene, wie ein Hammer den Nagel in die Wand hineintreibt. Sie tauchte im Augenfälligen unter, wie ein Zirkusclown durch den Reifen springt. Schweigen konnte sie nicht beschämen. Diese armen Männer, so weit von ihren Heimen und dem Trippeln kleiner Füße entfernt, und Weihnachten vor der Tür, kein Wunder, daß sie in gedämpfter Stimmung waren; sie verdoppelte ihre Bemühungen, ihr Interesse zu erwecken und sie zu unterhalten. Sie war entschlossen, ein wenig Frohsinn in ihr trübes Dasein zu bringen. Denn das war das Schreckliche an der Sache: Miss Reids Absichten waren gut, sie wollte, daß alle sich gut unterhielten. Sie war überzeugt, daß alle sie so gern hatten, wie sie selber sie gern hatte. Sie fühlte, daß sie ihr Teil dazu beitrug, der Gesellschaft zum Erfolg zu verhelfen, und sie war naiv glücklich bei dem Gedanken, daß ihr dies gelang. Sie erzählte ihnen alles von ihrer Freundin Miss Price, und wie oft diese zu ihr gesagt hatte: »Venetia, niemand hat eine langweilige Minute in deiner Gegenwart.« Es war die Pflicht des Kapitäns, einem Passagier gegenüber höflich zu sein, und wenn er ihr auch noch so gern gesagt hätte, sie solle ihren törichten Mund halten – er konnte es nicht. Selbst wenn er seine Meinung frei hätte äußern dürfen, wußte er doch, daß er sie niemals so hätte kränken können. Nichts hemmte ihren Redestrom. Er war so unwiderstehlich wie eine Naturgewalt. Einmal begannen sie, in ihrer Verzweiflung Deutsch zu sprechen, aber Miss Reid machte dem sofort ein Ende.

»Nein, das kann ich nicht dulden, daß Sie etwas sagen, das ich nicht verstehe. Sie sollten alle Nutzen daraus ziehen, daß Sie mich alleine für sich haben und sich im Englischen üben können.«

»Wir sprachen von technischen Sachen, die Sie nur langweilen würden, Miss Reid«, sagte der Kapitän.

»Ich langweile mich nie. Und darum, auch wenn Sie mich für ein klein wenig eingebildet halten mögen, bin ich nie langweilig. Sehen Sie, ich weiß gerne Bescheid. Alles interessiert mich, und man kann nie wissen, wann ein bißchen Kenntnis einem von Nutzen sein könnte.«

Der Doktor lächelte trocken.

»Der Kapitän hat das nur gesagt, weil er verlegen war. Er hat nämlich eine Geschichte erzählt, die für die Ohren einer unverheirateten Dame nicht geeignet war.«

»Ich bin zwar eine unverheiratete Dame, aber ich bin auch eine Frau von Welt; ich erwarte nicht, daß Seeleute Heilige sind. Sie brauchen nie ängstlich zu sein, was Sie vor mir sagen, Kapitän, ich werde nicht entsetzt sein. Ich möchte Ihre Geschichte sehr gerne hören.«

Der Doktor war ein Mann von sechzig Jahren, mit dünnem grauem Haar, einem grauen Schnurrbart und kleinen, scharfen blauen Augen. Er war ein schweigsamer, verbitterter Mann, und sosehr sich Miss Reid auch bemühte, ihn ins Gespräch zu ziehen, war es doch fast unmöglich, ein Wort aus ihm herauszubekommen. Aber sie war nicht die Frau, die ohne Kampf nachgab, und eines Morgens auf offener See, als sie ihn mit einem Buch auf Deck sitzen sah, zog sie ihren Stuhl

neben den seinen und ließ sich neben ihm nieder.

»Lesen Sie gerne, Doktor?« fragte sie munter.

»Ja.«

»Ich auch. Und ich vermute, daß Sie wie alle Deutschen musikalisch sind.«

»Ich höre Musik gern.«

»Ich auch. Als ich Sie zum erstenmal sah, dachte ich sofort, daß Sie klug aussehen.«

Er warf ihr einen kurzen Blick zu, verzog die Lippen und las weiter. Dies schreckte Miss Reid nicht ab.

»Aber lesen kann man natürlich jederzeit. Ich ziehe immer ein gutes Gespräch einem guten Buch vor. Sie nicht?«

»Nein.«

»Das ist sehr interessant. Sagen Sie mir nur, warum?«

»Ich kann Ihnen leider keinen Grund nennen.«

»Das ist sehr merkwürdig, nicht? Aber ich finde die menschliche Natur überhaupt sehr merkwürdig. Ich interessiere mich schrecklich für Menschen, wissen Sie. Ärzte habe ich immer gern, sie wissen so viel über die menschliche Natur, aber ich könnte Ihnen einige Dinge erzählen, die sogar Sie erstaunen würden. Man erfährt viel über die Leute, wenn man wie ich eine Teestube leitet, das heißt, wenn man die Augen offenhält.«

Der Doktor erhob sich.

»Ich muß Sie bitten, mich zu entschuldigen, Miss Reid. Ich muß jetzt einen Patienten besuchen.«

Jedenfalls ist es mir gelungen, das Eis zu brechen, dachte sie, während er sich entfernte. Ich glaube, er war nur schüchtern.

Ein paar Tage später fühlte sich der Doktor gar nicht wohl. Er hatte ein inneres Leiden, das ihn von Zeit zu Zeit plagte, aber er war daran gewöhnt und nicht geneigt, darüber zu reden. Wenn er einen seiner Anfälle hatte, wollte er nur allein gelassen werden. Seine Kajüte war klein und dumpf; darum legte er sich auf Deck in einen Liegestuhl und schloß die Augen.

Miss Reid spazierte gerade auf und ab, um sich wie jeden Morgen und Abend eine halbe Stunde Bewegung zu machen. Er dachte, wenn er sich schlafend stellte, würde sie ihn nicht stören. Als sie aber ein halbes dutzendmal an ihm vorbeigekommen war, blieb sie vor ihm stehen. Obwohl er die Augen geschlossen hatte, wußte er, daß sie ihn betrachtete.

»Kann ich etwas für Sie tun, Doktor?« fragte sie.

Er zuckte zusammen.

»Warum, was denn?«

Er schaute sie an und bemerkte ihren tief bekümmerten Blick.

»Sie sehen schrecklich krank aus«, sagte sie.

»Ich habe große Schmerzen.«

»Ich weiß. Das kann ich sehen. Kann man nichts dagegen tun?«

»Nein, es geht immer nach einiger Zeit vorbei.«

Sie zögerte einen Augenblick und ging dann fort. Nach einer Weile kam sie zurück.

»Sie sehen so unbehaglich aus, ohne Kissen oder irgend etwas. Ich habe Ihnen mein Reisekissen gebracht, das ich immer mitnehme. Lassen Sie es mich Ihnen doch unter den Kopf schieben.«

Er fühlte sich im Augenblick zu elend, um zu protestieren. Sie hob seinen Kopf sanft auf und schob das weiche Kissen darunter. Es war wirklich bequemer für ihn. Sie strich ihm mit der Hand, die kühl und weich war, über die Stirn.

»Armer Mann«, sagte sie. »Ich weiß, wie Ärzte sind. Ärzte haben keine Ahnung, wie sie sich selber behandeln sollten.«

Sie verließ ihn, kam aber nach wenigen Minuten mit einem Stuhl und einem Beutel zurück. Als der Doktor sie bemerkte, zuckte er gequält zusammen.

»Nun werde ich Ihnen nicht erlauben zu sprechen; ich werde nur neben Ihnen sitzen und stricken. Ich finde, es ist immer tröstlich, wenn man sich nicht wohl fühlt, jemand in der Nähe zu haben.«

Sie setzte sich, zog einen angefangenen Schal aus ihrem Beutel und begann emsig, die Nadeln zu handhaben. Sie sprach kein Wort. Und merkwürdigerweise empfand der Doktor ihre Gegenwart als Trost. Niemand an Bord hatte überhaupt bemerkt, daß er krank war; er hatte sich einsam gefühlt, und die Teilnahme dieser hoffnungslos langweiligen Person war wohltuend für ihn.

Es beruhigte ihn, sie da schweigend arbeiten zu sehen, und bald schlief er ein. Als er wieder aufwachte, arbeitete sie noch. Sie sah ihn mit einem leichten Lächeln an, sagte aber nichts. Der Schmerz war vergangen, und er fühlte sich viel wohler.

Er ging erst am Spätnachmittag in den Salon. Dort fand er den Kapitän und Hans Krause, den Maat, die zusammen Bier tranken.

»Setzen Sie sich, Doktor«, sagte der Kapitän. »Wir halten eben Kriegsrat. Sie wissen, daß übermorgen Heiliger Abend ist.«

»Natürlich.«

Der Weihnachtsabend bedeutet dem Deutschen viel, und sie hatten sich schon alle darauf gefreut. Sie hatten den ganzen Weg von Deutschland her einen Weihnachtsbaum mitgebracht.

»Beim Essen heute war Miss Reid gesprächiger denn je. Hans und ich haben beschlossen, daß etwas dagegen geschehen muß.«

»Sie hat heute vormittag zwei Stunden schweigend neben mir gesessen. Da hat sie wohl das Versäumte nachholen wollen.«

»Es ist schlimm genug, gerade jetzt von zu Hause weg zu sein, und es bleibt uns nichts anderes übrig, als das Beste daraus zu machen. Wir wollen unseren Heiligen Abend genießen, und wenn wir wegen Miss Reid nichts unternehmen, ist das ausgeschlossen.«

»Wir können es nicht gemütlich haben, wenn sie dabei ist«, sagte der Maat. »Sie würde todsicher alles verderben.«

»Was schlagen Sie vor, um sie loszuwerden, wenn wir sie nicht über Bord werfen können?« sagte der Doktor lächelnd. »Sie ist keine üble Seele; alles, was ihr fehlt, ist ein Liebhaber.«

»In ihrem Alter?« rief Hans Krause.

»Gerade in ihrem Alter. Diese ausschweifende Redseligkeit, diese Sucht nach Auskünften, die zahllosen Fragen, die sie stellt, ihre Banalitäten, die Art, wie sie kein Ende findet – das ist alles ein Zeichen ihrer rebellierenden Jungfräulichkeit. Ein Liebhaber würde ihr Frieden bringen. Ihre überreizten Nerven würden sich entspannen. Sie hätte dann wenigstens eine Stunde lang gelebt. Die tiefe Befriedigung, die ihr Wesen verlangt, würde dann durch diese gereizten Sprachzentren fließen, und wir hätten Ruhe.«

Es war immer etwas schwer, festzustellen, wieviel der Doktor von dem, was er sagte, wirklich meinte und wann er sich lustig machte. Aber die blauen Augen des Kapitäns funkelten übermütig.

»Na, Doktor, ich setze großes Vertrauen in Ihre Diagnosen. Das Rezept, das Sie vorschlagen, ist sicher einen Versuch wert, und da Sie Junggeselle sind, ist es klar, daß seine Anwendung Ihnen obliegt.«

»Verzeihen Sie, Kapitän, es ist meine berufliche Pflicht, den Patienten, die mir auf diesem Schiff anvertraut sind, Arzneien zu ver-

ordnen, aber nicht, sie ihnen persönlich zu verabreichen. Außerdem bin ich sechzig.«

»Ich bin ein verheirateter Mann mit erwachsenen Kindern«, sagte der Kapitän. »Ich bin alt und dick und asthmatisch; es ist klar, daß mir eine solche Aufgabe nicht zugemutet werden kann. Die Natur hat mich für die Rolle eines Ehemannes und Vaters bestimmt, nicht für die eines Liebhabers.«

»In diesen Dingen ist Jugend eine Voraussetzung und gutes Aussehen von Vorteil«, sagte der Doktor ernst.

Der Kapitän schlug mit der Faust krachend auf den Tisch.

»Sie denken an Hans. Sie haben ganz recht. Hans muß es sein.« Der Maat sprang auf die Füße.

»Ich? Niemals.«

»Hans, du bist groß, hübsch, stark wie ein Löwe, tapfer und jung. Wir werden noch dreiundzwanzig Tage auf See sein, bevor wir nach Hamburg kommen. Du willst doch deinen vertrauten alten Kapitän in solcher Notlage nicht im Stich lassen oder deinen guten Freund, den Doktor?«

»Nein, Kapitän, das ist zuviel von mir verlangt. Ich bin noch kein ganzes Jahr verheiratet, und ich liebe meine Frau. Ich kann es kaum erwarten, nach Hamburg zurückzukommen. Sie sehnt sich ebenso nach mir wie ich mich nach ihr. Ich will ihr nicht untreu werden – vor allem nicht mit Miss Reid.«

»Miss Reid ist gar nicht so übel«, sagte der Doktor.

»Manche Leute würden sie sogar hübsch finden«, sagte der Kapitän.

Und wirklich, wenn man Miss Reids Züge einzeln betrachtete, war sie keineswegs unschön. Wohl hatte sie ein langes, dummes Gesicht, aber ihre braunen Augen waren groß, und sie hatte sehr dichte Wimpern; ihr braunes Haar war kurz geschnitten und lockte sich recht gefällig im Nacken; ihre Haut war nicht schlecht, und sie war weder zu dick noch zu dünn. Sie war nach heutigen Begriffen nicht alt, und wenn sie gesagt hätte, sie sei vierzig, so hätte man das ohne weiteres geglaubt. Das einzige, was an ihr auszusetzen blieb, war, daß sie hausbacken und langweilig war.

»Muß ich also weitere dreiundzwanzig Tage die Weitschweifigkeit dieser lästigen Person ertragen? Muß ich noch geschlagene dreiundzwanzig Tage ihre törichten Fragen beantworten und ihre albernen Bemerkungen anhören? Muß ich alter Mann mir meinen Heiligen Abend, den schönen Abend, auf den ich mich gefreut hatte, durch die Gesellschaft dieser unerträglichen Jungfer verderben lassen? Und nur weil niemand gefunden werden kann, der ein wenig Galanterie, ein wenig menschliche Güte, einen Beweis von Mildtätigkeit einer einsamen Frau gegenüber aufbringen kann! Ich werde das Schiff auflaufen lassen.«

»Es bleibt immer noch der Funker«, sagte Hans.

Der Kapitän stieß einen lauten Schrei aus.

»Hans, mögen die zehntausend Jungfrauen von Köln sich erheben und dich segnen. Steward«, donnerte er, »sag dem Funker, daß ich ihn sprechen will.«

Der Funker kam in den Salon und stand stramm. Die drei Männer betrachteten ihn schweigend. Er überlegte beunruhigt, ob er etwas angestellt habe, wofür er nun zur Rechenschaft gezogen werden sollte. Er war mehr als mittelgroß, mit breiten Schultern und schmalen Hüften, kerzengerade und schlank; seine gebräunte und glatte Haut sah aus, als habe ein Rasiermesser sie nie berührt, er hatte große, auffallend blaue Augen und eine Mähne von lockigem, goldblondem Haar. Er war ein Prachtexemplar junger teutonischer Männlichkeit. Er war so gesund, so kräftig und voller Leben, daß man selbst auf eine gewisse Entfernung die Vitalität spürte, die von ihm ausstrahlte.

»Wie alt bist du, mein Junge?« sagte der Kapitän.

»Einundzwanzig, Herr Kapitän.«

»Verheiratet?«

»Nein, Herr Kapitän.«

»Verlobt?«

Der Funker kicherte. Es lag etwas anziehend Knabenhaftes in seinem Lachen.

»Nein, Herr Kapitän.«

»Du weißt, daß wir einen weiblichen Passagier an Bord haben?«

»Ja, Herr Kapitän.«

»Kennst du sie?«

»Wenn ich sie auf Deck treffe, sage ich ihr guten Morgen.«

Der Kapitän nahm seine offiziellste Haltung an. Seine Augen, die meistens vor Humor zwinkerten, waren jetzt streng, und er legte einen bellenden Ton in seine tiefe Stimme. »Obwohl dies ein Frachtdampfer ist und wir wertvolle Ladung mitführen, nehmen wir auch die Passagiere auf, die wir kriegen können, und das ist eine Abteilung unseres Geschäftes, an deren Entwicklung der Gesellschaft sehr viel liegt. Die Weisungen an mich lauten dahin, alles nur mögliche für die Zufriedenheit und das Behagen der Passagiere zu tun. Miss Reid benötigt einen Liebhaber. Der Doktor und ich sind zu der Überzeugung gekommen, daß du geeignet bist, den Anforderungen von Miss Reid zu entsprechen.«

»Ich, Herr Kapitän?« Der Funker wurde feuerrot und begann dann zu kichern, beherrschte sich aber gleich wieder, als er die entschlossenen Mienen der drei Männer ihm gegenüber sah.

»Aber sie ist alt genug, um meine Mutter zu sein.«

»In deinem Alter hat das gar nichts zu sagen. Sie ist eine vornehme Dame und mit allen großen Familien in England verwandt. Wenn sie Deutsche wäre, so wäre sie mindestens eine Gräfin. Daß du für diesen verantwortungsvollen Posten auserwählt worden bist, bedeutet eine Ehre, die du hoch einschätzen solltest. Außerdem ist dein Englisch mangelhaft, und hierdurch wirst du eine glänzende Gelegenheit haben, es zu verbessern.«

»Das ist allerdings wahr«, sagte der Funker. »Ich weiß, daß es mir an Übung fehlt.«

»Es kommt im Leben nicht so oft vor, daß man Vergnügen mit geistiger Entwicklung verbinden kann, und du darfst dir zu diesem Glücksfall gratulieren.«

»Aber wenn ich diese Frage stellen darf, Herr Kapitän: Warum benötigt Miss Reid einen Liebhaber?«

»Es scheint eine alte englische Sitte zu sein, daß unverheiratete Frauen von hohem Rang sich zu dieser Jahreszeit den Umarmungen eines Liebhabers hingeben. Die Gesellschaft wünscht dringend, daß Miss Reid genauso behandelt wird, wie das auf einem englischen Schiff der Fall gewesen wäre, und wenn sie zufrieden ist, dürfen wir damit rechnen, daß sie bei ihren aristokratischen Beziehungen vielen ihrer Freunde diese Schiffahrtslinie empfehlen wird.«

»Herr Kapitän, ich bitte mich zu entschuldigen.«

»Dies ist keine Bitte, die ich ausspreche, sondern ein Befehl. Du wirst dich heute abend um elf Uhr bei Miss Reid in ihrer Kajüte melden.«

»Was soll ich tun, wenn ich dort bin?«

»Tun?« donnerte der Kapitän. »Tun? Dich natürlich benehmen.«

Er winkte mit der Hand und entließ ihn. Der Funker schlug die Hacken zusammen, salutierte und ging hinaus.

»Jetzt wollen wir noch ein Glas Bier trinken«, sagte der Kapitän.

Beim Abendessen war Miss Reid ganz auf der Höhe. Sie war wortreich. Sie war neckisch. Sie war vornehm. Es gab keinen Gemeinplatz, den sie nicht ausgesprochen hätte. Es gab auch keine abgedroschene Redensart, die sie vermieden hätte. Sie bombardierte alle mit törichten Fragen. Das Gesicht des Kapitäns wurde immer röter bei der Bemühung, seine Wut zu unterdrücken; er fühlte, daß er ihr nicht länger mit Höflichkeit begegnen konnte, und wenn das Rezept des Doktors nicht half, würde er sich eines Tages vergessen und ihr nicht nur ein wenig, sondern restlos die Meinung sagen.

Ich werde meinen Posten verlieren, dachte er dabei, aber ich glaube fast, daß es sich lohnen würde.

Am nächsten Tag saßen sie schon alle am Tisch, als sie zum Mittagessen hereinkam.

»Morgen ist Weihnachtsabend«, sagte sie munter. Dieser Hinweis entsprach ihr durchaus. Sie fuhr fort: »Nun, was haben Sie alle heute vormittag getrieben?«

Da sie jeden Tag genau das gleiche taten und sie genau wußte, was das war, wirkte diese Frage aufreizend. Der Kapitän verlor den

Mut. Er sagte dem Doktor kurz, was er von ihm hielt.

»Jetzt aber bitte kein Deutsch«, sagte Miss Reid schalkhaft. »Sie wissen, daß ich das nicht gestatte, und warum, Kapitän, haben Sie den armen Doktor so verdrießlich angesehen? Es ist doch Weihnachtszeit, bedenken Sie, Frieden auf Erden und den Menschen ein Wohlgefallen. Ich bin schon ganz aufgeregt im Gedanken an morgen. Werden an dem Weihnachtsbaum Kerzen sein?«

»Natürlich.«

»Wie wunderbar! Ich finde immer, daß ein Weihnachtsbaum ohne Kerzen kein Weihnachtsbaum ist. Ach, übrigens, denken Sie nur: Ich hatte gestern abend ein so komisches Erlebnis. Ich kann es gar nicht verstehen.«

Eine betroffene Stille trat ein. Alle blickten gespannt auf Miss Reid. Ausnahmsweise hingen sie einmal an ihren Lippen.

»Ja«, fuhr sie in dem ihr eigenen monotonen und gezierten Ton fort, »ich wollte mich gestern abend gerade zur Ruhe begeben, als es an meine Tür klopfte. ›Wer ist da?‹ sagte ich. ›Der Funker‹, war die Antwort. ›Was gibt es?‹ fragte ich. ›Kann ich Sie sprechen?‹ sagte er.«

Sie hörten mit atemloser Aufmerksamkeit zu.

»›Nun, ich will schnell einen Morgenrock anziehen‹, sagte ich, ›und die Tür aufmachen.‹ Also zog ich den Morgenrock an und öffnete die Tür. Der Funker sagte: ›Entschuldigen Sie, Miss, aber wollen Sie nicht vielleicht eine Funkbotschaft senden?‹ Nun, ich fand es schon sehr komisch, daß er um diese Stunde kam, um mich zu fragen, ob ich eine Funkbotschaft senden möchte; ich lachte ihm gerade ins Gesicht, denn es regte meinen Sinn für Humor an, wenn Sie verstehen, was ich damit meine, aber ich wollte ihn nicht kränken, darum sagte ich: ›Vielen Dank, aber ich glaube nicht, daß ich eine Funkbotschaft senden will.‹ Er stand da und sah so komisch aus, als sei er ganz verlegen, darum sagte ich: ›Vielen Dank trotzdem für das Angebot‹, und dann sagte ich: ›Gute Nacht und angenehme Träume‹, und schloß die Tür.«

»Der verdammte Narr«, rief der Kapitän aus.

»Er ist noch jung, Miss Reid«, warf der Doktor ein. »Das war übertriebener Eifer. Wahrscheinlich dachte er, daß Sie gern Ihren Freunden Glückwünsche schicken möchten, und da wollte er Ihnen den Vorteil einer verbilligten Gebühr vermitteln.«

»Ach, es hat mir gar nichts ausgemacht.

Ich habe diese komischen kleinen Erlebnisse auf Reisen gern. Ich lache nur herzlich darüber.«

Sobald das Essen vorüber war und Miss Reid sie verlassen hatte, ließ der Kapitän den Funker kommen.

»Du Esel, warum in aller Welt hast du Miss Reid gestern abend gefragt, ob sie einen Funkspruch senden wolle?«

»Herr Kapitän, Sie haben mir gesagt, ich solle mich natürlich benehmen. Ich bin Funker. Ich dachte, es sei natürlich, wenn ich sie frage, ob sie einen Funkspruch senden wolle. Ich wußte nicht, was ich sonst sagen sollte.«

»Gott im Himmel!« schrie der Kapitän. »Als Siegfried Brünnhilde auf dem Felsen liegen sah und ausrief: ›Das ist kein Mann!‹« (der Kapitän sang die Worte zwei- oder dreimal, weil er seine Stimme gern hörte, bevor er fortfuhr), »hat Siegfried sie dann, nachdem sie erwachte, gefragt, ob sie einen Funkspruch senden möchte, um vielleicht ihrem Papa mitzuteilen, daß sie sich von ihrem langen Schlaf erhoben habe und jetzt wach sei?«

»Ich möchte Sie respektvoll darauf aufmerksam machen, daß Brünnhilde Siegfrieds Tante war. Miss Reid ist mir völlig fremd.«

»Er hat nicht darüber nachgedacht, daß

sie seine Tante war. Er wußte nur, daß sie eine schöne und wehrlose Frau war, allem Anschein nach aus guter Familie, und er benahm sich so, wie jeder Gentleman es getan hätte. Du bist jung und hübsch, die Ehre Deutschlands liegt in deiner Hand.«

»Zu Befehl, Herr Kapitän. Ich werde mir Mühe geben.«

An diesem Abend wurde wieder an Miss Reids Türe geklopft.

»Wer ist da?«

»Der Funker. Ich habe eine Funknachricht für Sie, Miss Reid.«

»Für mich?« Sie war erstaunt, aber es fiel ihr sofort ein, daß einer ihrer Mitreisenden, der in Haiti an Land gegangen war, ihr einen Weihnachtsgruß geschickt haben konnte. Wie freundlich sind doch die Menschen, dachte sie. »Ich bin zu Bett. Legen Sie sie vor die Tür.«

»Es ist mit Rückantwort. Zehn Worte vorausbezahlt.«

Dann konnte es kein Festgruß sein. Ihr Herzschlag stockte.

Es konnte nur eins bedeuten: Ihr Geschäft war bis auf den Boden niedergebrannt. Sie sprang aus dem Bett.

»Schieben Sie es bitte unter der Tür durch,

dann schreibe ich die Antwort und schiebe es Ihnen zurück.«

Der Umschlag wurde unter der Tür durchgeschoben, und als er auf dem Teppich erschien, hatte er wirklich ein unheilvolles Aussehen. Miss Reid nahm ihn rasch und riß ihn auf. Die Worte schwammen ihr vor den Augen, und sie konnte ihre Brille nicht gleich finden. Dies war es, was sie las:

»Fröhliche Weihnachten. Stop. Frieden auf Erden und den Menschen ein Wohlgefallen. Stop. Sie sind sehr schön. Ich liebe Sie. Stop. Ich muß mit Ihnen sprechen. Stop. Unterzeichnet: Der Funker.«

Miss Reid las es zweimal durch. Dann nahm sie langsam ihre Brille ab und versteckte sie unter einem Schal. Sie öffnete die Tür.

»Kommen Sie herein«, sagte sie.

Am nächsten Tag war Weihnachtsabend. Die Offiziere waren heiter und ein wenig sentimental, als sie sich zum Mittagessen setzten. Die Stewards hatten den Salon mit tropischen Schlingpflanzen geschmückt, als Ersatz für Stechpalme und Misteln, und der Weihnachtsbaum stand auf dem Tisch; seine Kerzen sollten beim Abendessen angezündet werden. Miss Reid kam erst herein, als die Offiziere schon saßen, und als sie ihr guten

Morgen wünschten, neigte sie nur schweigend den Kopf. Alle schauten sie neugierig an. Sie sprach dem Essen mit gutem Appetit zu, sagte aber kein Wort. Ihr Schweigen war unheimlich. Endlich konnte der Kapitän es nicht mehr aushalten und sagte:

»Sie sind heute sehr still, Miss Reid.«

»Ich denke nach«, erwiderte sie.

»Und wollen Sie uns Ihre Gedanken nicht mitteilen, Miss Reid?« fragte der Doktor scherzend.

Sie warf ihm einen kühlen, beinahe hochmütigen Blick zu.

»Ich ziehe vor, sie für mich zu behalten, Doktor. Ich hätte aber gerne noch etwas von dem Ragout, ich habe einen sehr guten Appetit.«

Sie beendeten das Mahl unter wohltuendem Schweigen. Der Kapitän stieß einen Seufzer der Erleichterung aus. Dazu war eine Mahlzeit da: zum Essen, nicht zum Schwatzen. Als sie fertig waren, ging er auf den Arzt zu und drückte ihm die Hand.

»Es ist etwas geschehen, Doktor.«

»Es ist geschehen. Sie ist wie verwandelt.«

»Aber wird es andauern?«

»Man kann nur das Beste hoffen.«

Miss Reid zog für die Feier ein Abendkleid

an, ein ganz schlichtes schwarzes Kleid, mit künstlichen Rosen an ihrem Busen und einer langen imitierten Jadekette um den Hals. Das Licht war gedämpft, und an dem Weihnachtsbaum brannten die Kerzen. Es war ein wenig wie in der Kirche. Die jüngeren Offiziere speisten an diesem Abend auch im Salon, und sie sahen sehr flott aus in ihren weißen Uniformen. Es gab Sekt auf Kosten der Schiffahrtsgesellschaft und nach dem Abendessen Punsch. Sie zogen an Knallbonbons. Sie sangen Lieder zur Grammophonbegleitung: *Deutschland, Deutschland über alles, Alt-Heidelberg* und *Lang, lang ist's her*. Sie schmetterten die Melodien kräftig hinaus, die Stimme des Kapitäns übertönte alle andern, und Miss Reid fiel mit einer angenehmen Altstimme ein. Der Doktor beobachtete, daß Miss Reids Augen von Zeit zu Zeit auf dem Funker ruhten, und er las in ihnen den Ausdruck einer leichten Verwirrung.

»Er ist ein hübscher Bursche, nicht wahr?« sagte der Doktor.

Miss Reid drehte sich um und schaute ihn kühl an. »Wer?«

»Der Funker! Ich dachte, Sie hätten ihn eben betrachtet.«

»Welcher ist es?«

»Die Doppelbödigkeit der Frauen«, brummte der Doktor vor sich hin, erwiderte aber mit einem Lächeln: »Er sitzt neben dem Ersten Ingenieur.«

»Ach, natürlich, jetzt erkenne ich ihn wieder. Wissen Sie, ich finde nie, daß es so wichtig ist, wie ein Mann aussieht. Ich interessiere mich so viel mehr für den Geist eines Mannes als für sein Äußeres.«

»Oh«, sagte der Doktor.

Sie hatten alle einen kleinen Schwips, auch Miss Reid, aber sie verlor dabei nichts von ihrer Würde, und als sie ihnen gute Nacht sagte, geschah es in ihrer allerbesten Form.

»Ich habe einen ganz reizenden Abend verbracht. Ich werde niemals meinen Weihnachtsabend auf einem deutschen Schiff vergessen. Es war sehr interessant. Ein richtiges Erlebnis.«

Sie ging aufrecht zur Tür, und das war ein gewisser Triumph, denn sie hatte den ganzen Abend hindurch Zug um Zug mit ihnen ihr Glas geleert.

Sie waren am nächsten Tag alle ein wenig mitgenommen. Als der Kapitän, der Doktor und der Erste Ingenieur zum Mittagessen herunterkamen, saß Miss Reid schon am Tisch. Vor jedem Gedeck lag ein kleines, mit rosa

Band umwickeltes Päckchen. Auf jedem stand geschrieben: »Fröhliche Weihnachten.« Sie schauten Miss Reid fragend an.

»Sie sind alle so freundlich zu mir gewesen, deshalb wollte ich jedem von Ihnen ein kleines Geschenk machen. Es gab nicht viel Auswahl in Port au Prince, Sie dürfen nicht zuviel erwarten.«

Für den Kapitän waren es zwei Pfeifen aus Rosenholz, für den Doktor sechs seidene Taschentücher, ein Zigarrenetui für den Maat und zwei Krawatten für den Ersten Ingenieur. Sie nahmen die Mahlzeit ein, und Miss Reid zog sich in ihre Kajüte zurück, um auszuruhen.

Die Offiziere schauten einander unbehaglich an. Der Maat spielte mit dem Zigarrenetui, das sie ihm gegeben hatte. »Ich schäme mich ein bißchen«, sagte er endlich.

Der Kapitän war nachdenklich; offenbar fühlte auch er sich etwas unsicher.

»Ich frage mich, ob wir Miss Reid diesen Streich hätten spielen dürfen«, sagte er. »Sie ist eine gute Seele, und sie ist nicht reich; sie ist eine Frau, die sich ihren Unterhalt verdient. Sie hat sicher annähernd hundert Mark für diese Geschenke ausgegeben. Ich wollte beinahe, wir hätten sie in Ruhe gelassen.«

Der Doktor zuckte die Achseln.

»Sie wollten, daß sie verstummen sollte, und ich habe sie zum Schweigen gebracht.«

»Wenn man es näher überlegt, hätte es uns nichts geschadet, ihrem Geschwätz noch weitere drei Wochen zuzuhören«, sagte der Maat.

»Ich bin ihretwegen nicht ganz glücklich«, fügte der Kapitän hinzu. »Ich finde ihr Schweigen unheimlich.«

Sie hatte während der ganzen Mahlzeit kaum ein Wort gesagt. Sie schien kaum darauf zu hören, was sie sprachen.

»Meinen Sie nicht, daß Sie sich bei ihr erkundigen sollten, ob sie sich ganz wohl fühlt, Doktor?« schlug der Kapitän vor.

»Natürlich fühlt sie sich wohl. Sie hat einen Wolfsappetit. Wenn Sie Erkundigungen einholen wollen, sollten Sie sich lieber an den Funker wenden.«

»Vielleicht haben Sie es noch nicht bemerkt, Doktor, aber ich bin ein Mann von großem Zartgefühl.«

»Ich habe selber auch ein Herz«, sagte der Doktor.

Während der restlichen Fahrt verwöhnten diese Männer Miss Reid in ganz übertriebener Weise. Sie behandelten sie mit der

Rücksicht, die sie einer von langer gefährlicher Krankheit Genesenden entgegengebracht hätten. Obwohl ihr Appetit glänzend war, bemühten sie sich, sie mit neuen Gerichten zu verlocken. Der Doktor bestellte Wein und bestand darauf, daß sie die Flasche mit ihm teilte. Sie spielten Domino mit ihr. Sie spielten Schach mit ihr. Sie spielten Bridge mit ihr. Sie zogen sie ins Gespräch. Aber es unterlag keinem Zweifel, daß sie, obwohl sie dem Entgegenkommen höflich begegnete, innerlich für sich blieb. In ihrem Blick lag beinahe etwas wie Verachtung; man hätte auch fast denken können, daß diese Männer und ihre liebenswürdigen Bemühungen ihr angenehm lächerlich erschienen. Sie sprach selten, wenn sie nicht angeredet wurde. Sie las Detektivromane und saß abends auf Deck und betrachtete die Sterne. Sie lebte ein Leben für sich.

Endlich nahte das Ende der Reise. Sie dampften an einem ruhigen, grauen Tag den Ärmelkanal hinauf; sie erblickten Land. Miss Reid packte ihre Koffer. Um zwei Uhr nachmittags legten sie im Dock von Plymouth an. Der Kapitän, der Maat und der Doktor kamen herbei, um sich von ihr zu verabschieden.

»Nun, Miss Reid«, sagte der Kapitän in sei-

ner herzhaften Weise, »es tut uns leid, Sie zu verlieren, aber wahrscheinlich freuen Sie sich, nach Hause zu kommen.«

»Sie sind sehr freundlich zu mir gewesen, Sie alle sind sehr freundlich gewesen. Ich weiß gar nicht, wodurch ich das verdient habe. Ich war sehr glücklich bei Ihnen. Ich werde Sie nie vergessen.«

Sie sprach ein wenig zittrig, sie versuchte zu lächeln, aber ihre Lippen bebten, und Tränen liefen ihr über die Wangen. Der Kapitän wurde dunkelrot. Er lächelte verlegen.

»Darf ich Ihnen einen Kuß geben, Miss Reid?«

Sie war um einen halben Kopf größer als er. Sie beugte sich herunter, und er drückte ihr einen dicken Kuß auf die eine nasse Wange und einen weiteren dicken Kuß auf die andere. Sie wandte sich zu dem Doktor und dem Maat. Und beide küßten sie.

»Was für eine alte Närrin bin ich«, sagte sie. »Alle sind so gut.«

Sie trocknete sich die Augen und ging dann langsam, in ihrer graziösen, leicht komischen Art den Laufsteg hinunter. Der Kapitän hatte feuchte Augen. Als sie den Quai erreichte, blickte sie in die Höhe und winkte jemandem auf dem Bootsdeck.

»Wem winkt sie?« fragte der Kapitän.

»Dem Funker.«

Miss Price wartete am Quai, um sie willkommen zu heißen. Als sie den Zoll passiert hatten und Miss Reid ihr großes Gepäck losgeworden war, gingen sie zu Miss Price und tranken dort einen frühen Tee. Miss Reids Zug fuhr erst um fünf Uhr. Miss Price hatte Miss Reid viel zu berichten.

»Aber es ist schlimm von mir, so ins Reden zu geraten, wenn du gerade erst nach Hause gekommen bist. Ich habe mich schon so darauf gefreut, alles über deine Reise zu hören.«

»Ich fürchte, daß es gar nicht viel zu erzählen gibt.«

»Das kann ich nicht glauben. Deine Reise ist doch gelungen – oder nicht?«

»Sehr gelungen. Es war sehr nett.«

»Und es war dir nicht unangenehm, mit all diesen Deutschen zusammenzusein?«

»Natürlich sind sie nicht wie Engländer. Man muß sich an ihre Art gewöhnen. Sie tun manches, was – nun, was Engländer nicht tun würden, weißt du. Aber ich finde immer, daß man die Dinge nehmen muß, wie sie kommen.«

»Was meinst du damit?«

Miss Reid blickte ihre Freundin gelassen

an. Ihr langes, dummes Gesicht hatte einen milden Ausdruck, und Miss Price bemerkte das eigentümlich mutwillige Blinken in ihren Augen nicht.

»Eigentlich nur ganz bedeutungslose Ereignisse. Einfach komische, unerwartete, recht nette Erlebnisse. Zweifellos wirkt Reisen wunderbar bildend.«

UTTA DANELLA

Zwischen den Jahren

Frau Anneliese Giesler und Frau Magdalena Lohse trafen sich überraschend auf dem Viktualienmarkt. Es war zwei Tage vor Weihnachten, und entsprechend turbulent ging es zu.

»Ja, die Leni«, sagte Frau Giesler, und Frau Lohse: »Annelie! Das freut mich aber, dich zu sehen.«

Sie hatten sich vor ihrem bevorzugten Geflügelstand getroffen, und da es eine Weile dauerte, bis sie drankamen, hatten sie Zeit, einander mitzuteilen, daß sie eine Gans kaufen wollten, »eine nicht zu fette, weißt«, erklärte Annelie, »eine kurze, feste. Und ihr, ihr macht's euch auch ein Ganserl?«

»Ja, sicher. Wie immer halt.«

»Wir haben in den letzten Jahren immer nur eine Ente gehabt, der Anton und ich. Seit die Kinder aus dem Haus sind, ist eine Gans für uns zuviel. Aber dieses Jahr haben wir einen Gast am ersten Feiertag, da hab ich mir gedacht, machst wieder einmal ein Ganserl. Und du? Hast die Kinder noch daheim?«

»Auch nicht mehr lang. Andreas will vom nächsten Semester an in Berlin weiterstudieren. Und Monika ist verlobt. Na ja«, Leni Lohse lachte ein bißchen verlegen, »das tut man ja heute nicht mehr, sich verloben. Aber sie hat einen festen Freund, und sie wollen demnächst zusammenziehen. Und vielleicht heiraten sie dann auch irgendwann.«

»Ja, da kannst nix machen. Jahrelang rakkert man sich ab mit dene Schratzn, und dann gehn s' ihrer Wege.«

Dann suchte jede von ihnen sorgfältig den Weihnachtsbraten aus, und anschließend standen sie etwas befangen in dem Wirbel des Marktes. »Lang haben wir uns nicht mehr gesehen«, sagte Annelie, und während sie es sagte, schlug ihr das Gewissen, denn das letztemal, daß sie sich gesehen hatten, war bei der Beerdigung von Herrn Lohse, Lenis Mann, gewesen, und das war jetzt drei Jahre her. Und das war nicht recht von ihr, daß sie sich gar nicht mehr um Leni gekümmert hatte. Ein paarmal hatte man noch telefoniert, und immer endete das Gespräch mit der Versicherung: »Aber jetzt treffen wir uns bald mal. Ganz demnächst.«

Und warum war nie etwas daraus geworden? Schwer zu erklären. Da waren die eigene Familie, die eigenen Sorgen und Freuden, und natürlich die heranwachsenden Kinder, und die Entfernung, die zwischen ihnen lag.

»Der Ferdi ist beim Bund«, erzählte Annelie und wechselte die Tasche mit der Gans von der einen Hand in die andere. »Und der Martin, ob'st es glaubst oder net, ist in Amerika.«

»Nein, so was!« staunte Leni. »In Amerika? Was macht er denn da?«

»Er studiert. Der Bub war ja immer so gescheit. Er hat ein Einser-Abitur gemacht, wie nix. Und dann hat er sich um das Stipendium beworben, und er hat's gekriegt.«

Übereinstimmend stellten sie dann noch fest, was für ein Glück es war, wenn die Kinder gut geraten waren, und daß sie eigentlich mit den ihren, von altersbedingten Schwierigkeiten abgesehen, nie ernsthaften Ärger gehabt hatten.

»Und das kann in der heutigen Zeit nicht jeder sagen«, meinte Annelie. »Wenn ich da an meine Schwester denk, o mei, die Sylvie hat als Vierzehnjährige schon gehascht, und dann mit sechzehn ist's einfach abgehaun mit so einem Lumpenkerl, und dann – na ja!«

Sie brach die Erzählung über ihre Nichte ab, die war wirklich nicht erfreulich.

»Und für mich«, sagte Leni leise, »ist es halt doch wichtig, daß die Kinder ordentlich geworden sind. Nachdem Konrad plötzlich nicht mehr da war, also wenn mich dann auch die Kinder enttäuscht hätten, dann hätte ich nicht mehr weiterleben mögen.«

»Freilich, freilich«, nickte Annelie. »Das war schon arg, daß der Konrad so schnell hat sterben müssen. Wo er so eine Freud an dem Haus gehabt hat.« Sie sah, daß sich die Augen der früheren Freundin röteten, und fügte schnell hinzu: »Weißt was? Ich kenn da drüben über dem Markt ein nettes Café. Gehn wir doch auf eine Tasse Kaffee. Oder hast es eilig?«

»Nein, gar nicht.«

»Bist mit dem Wagen herinnen?«

»Ach wo. Ich wüßte ja gar nicht, wo ich ihn hinstellen soll. Ich fahr mit der S-Bahn. Den Wagen lass' ich immer in Pasing stehen.«

Viele Jahre lang hatten sie in Schwabing im selben Haus gewohnt, und da sie etwa gleichaltrig waren, die Kinder sich von klein auf kannten, dann in dieselbe Schule gingen, hatte sich zwischen der Familie Giesler und der Familie Lohse eine gute Freundschaft entwickelt. Die Gieslers waren Bayern, Leni Lohse stammte aus Schlesien und hatte ihren Mann in den fünfziger Jahren in der DDR, oder in der Ostzone, wie das damals noch hieß, kennengelernt, und war dann mit ihm nach München gekommen.

Sehr bald hatten die Gieslers und die Lohses sich kennengelernt, und da die Gieslers aufgeschlossene Menschen waren und nicht zu den Bayern gehörten, die nur auf die Preußen schimpften, war es eine gute Beziehung und später eine wirkliche Freundschaft.

Das endete, oder besser gesagt, es erschwerte sich, als die Lohses Schwabing verließen und in das neue Haus zogen.

Konrad Lohse war genau wie seine Frau ein Flüchtling, er stammte aus Westpreußen, und der Traum seines Lebens bestand darin, ein eigenes Haus zu besitzen mit einem großen Garten, so wie es dereinst seine Eltern gehabt hatten, das schöne alte Haus mit dem weiten Garten, in dem er aufgewachsen war.

Dafür sparte er ein Leben lang, er zahlte jährlich in die Bausparkasse, verzichtete auf große Urlaubsreisen, und dann endlich war es soweit, er konnte das Haus bauen, es wurde kein großes Haus, und der Garten war nur klein, aber immerhin, es war sein eigenes neues Zuhause. Lange konnte er sich nicht daran erfreuen, er starb, nachdem sie zwei Jahre lang in diesem Haus gewohnt hatten.

Da war also zunächst die räumliche Entfernung, die die Familien trennte, denn das Haus stand in Gröbenzell, einem Vorort von München. Nun sahen sie sich nicht mehr täglich, man besuchte sich noch, aber nach und nach wurden die Besuche seltener, auch die gemeinsamen Theaterbesuche hörten auf, man telefonierte, die Frauen trafen sich gelegentlich in der Stadt zum Kaffeetrinken, und dann nach Konrads Tod schlief der Kontakt ganz ein.

Annelie Giesler bereute das an diesem Tag. War doch eigentlich schad, fand sie.

»Gehst noch oft ins Theater?« fragte sie, als sie in dem Café saßen.

Leni gestand, daß sie zwar das Abonnement noch besitze, jedoch nur selten hineinfuhr zu einer Vorstellung.

»Manchmal schon«, sagte sie. »Aber nicht sehr oft. Manchmal kommt die Monika mit. Oder die Kinder gehen mit ihren Freunden. Ist ja auch komisch, das Theater heutzutage. Viel Freude hab ich nicht mehr dran.«

»Also das wird jetzt anders«, erklärte Annelie energisch. »In Zukunft werden wir uns wieder öfter sehen. Ich hab das Gefühl, du lebst sehr einsam da draußen. Zeit haben wir doch genug. Anton ist jetzt pensioniert worden, der kann dann auch manchmal mitkommen. Und weißt was? Komm doch gleich zu den Feiertagen zu uns.«

»Ich denke, ihr habt Besuch.«

»Na ja, am ersten Feiertag. Und da mußt du ja auch deine Gans braten. Aber wie wär's denn am zweiten Feiertag? Du kommst zum Kaffee. Und da können wir endlich mal wieder ausführlich ratschen. Der Anton kann dich abholen.«

»Ich hab doch selber den Wagen. Und wenn der Andreas ihn braucht an dem Tag, dann komme ich halt mit der S-Bahn. Oder er fährt mich hinein. Er ist ja oft in Schwabing, da hat er viele Freunde.«

»Und eine Freundin, nicht?«

»Doch, natürlich auch. Nettes Mädchen. Die studiert wie er. Wohnt in Bogenhausen, das liegt ja auf dem Weg.«

»Fein, das ist abgemacht. Zweiten Feiertag um vier Uhr bei uns. Muß dir doch Spaß machen, deine alte Bleibe mal wiederzusehen.«

Darauf seufzte Magdalena Lohse nur, und ihre Augen waren traurig. Annelie bereute sofort, was sie gesagt hatte. Was für eine Freude sollte es sein, das Haus in Schwabing wiederzusehen, wo sie so viele Jahre, im zweiten Stock, mit ihrem Mann gewohnt hatte. Es war eine gute Ehe gewesen, die Ehe der Lohses, und der Verlust ihres Mannes war sicher für die empfindsame Leni schwer zu ertragen. Immer noch. Das spürte Annelie.

»Ich habe einen guten Stollen«, sagte sie rasch, »und der Anton wird sich schrecklich freuen, dich wiederzusehen.«

»Wie geht's ihm denn?«

»Soweit ganz gut. Nur grantelt er manchmal rum, seit er nicht mehr arbeitet. Erst hat er sich gefreut auf den Ruhestand, und jetzt langweilt er sich. Was er braucht, ist ein Hobby. Drum hab ich auch den Herrn Meier eingeladen.«

Sie zeigte auf die Tasche mit der Gans. »Der malt und fotografiert sehr viel. Malen wird der Anton nimmer lernen. Aber fotografiert hat er früher sehr gern. Der Herr Meier wohnt in unserer Straße, ein paar Häuser weiter. Der ist übrigens auch Schlesier. Wie du. Dem ist vor einem Jahr die Frau gestorben. Ein Unfall mit dem Auto. Grad schrecklich war's. Und seitdem ist der Mann so verhärmt und einsam. Kinder hat er keine. Und da hab ich zum Anton gesagt, jetzt laden wir ihn einfach Weihnachten mal ein.«

Dies war gewissermaßen der erste Akt. Doch schon am ersten Feiertag, als der hagere Herr Meier bei ihnen am Tisch saß, entwickelte sich in Annelies Kopf der zweite Akt.

»Weißt was«, sagte sie zu ihrem Anton, als sie abends wieder allein waren, »ich hab da so eine Idee.«

»Na und?« erwiderte Anton Giesler nur darauf und wandte den Blick nicht vom Bildschirm.

»Eine gute Idee. Ist mir grad gekommen. Hörst mir überhaupt zu?«

»Bei was? Du hast eine Idee. Da is nix zum Zuhören. Müßt ich erst wissen, was für eine Idee, wenn ich zuhören soll.«

Annelie schwieg und bastelte an ihrer Idee weiter, und bis das Stück, das Anton partout sehen wollte, zu Ende war, konnte sie mit einem fertigen Plan aufwarten.

»Hörst mir jetzt zu?«

»Ich hör ja.«

»Also den Herrn Meier hast heute gesehen, net wahr?«

Anton warf seiner Frau einen schiefen Blick zu.

»Ich denk schon, daß ich den gesehn hab.«

»Gut schaut der nicht aus. Und einen glücklichen Eindruck macht er auch nicht grad.«

»Mei! Was soll er denn für einen glücklichen Eindruck machen? Aber er ist ein kluger Mann. Wir haben uns doch sehr gut unterhalten.«

»Das denk ich mir auch. Was der Mann braucht, ist wieder eine Frau.«

»Geh, du spinnst. Willst ihm vielleicht eine Frau besorgen?«

»Genau das will ich. Ich hab dir doch erzählt, daß ich die Leni getroffen hab, am Viktualienmarkt.«

Anton richtete sich gerade auf.

»Na und?« fragte er mit einem drohenden Unterton.

»Sie ist eine Witwe. Und bald ist sie ganz allein da draußen, wenn die Kinder aus dem Haus gehn. Und der Herr Meier ist ein Witwer und ist jetzt schon allein.«

»Ich sag ja, du spinnst. Willst die zwei vielleicht verkuppeln?«

»Sie könnten sich doch mal kennenlernen. Er stammt auch aus Schlesien, genau wie die Leni.«

»Schlesien! Weißt, wie lang das her ist? Das ist jetzt polnisch.«

»Weiß ich eh. Aber als die beiden dort Kinder waren, da war's noch Schlesien.«

»Na und?«

»Hör auf mit deinem ewigen ›Na und!‹ Da hätten sie doch was zum Reden.«

»Na und? Ich mein, wie denkst du dir nachher des?«

»Darüber denk ich noch nach.«

Das Denken ging bei Annelie Giesler schnell. Und Einfälle hatte sie, das mußte man ihr lassen.

Als Leni Lohse am nächsten Tag pünktlich zum Kaffeetrinken erschien, gefahren von ihrem Sohn Andreas, der auch auf einen Sprung mit heraufkam, um grüß Gott zu sagen, waren Annelies Pläne noch vage, aber sie nahmen im Laufe des Nachmittags Gestalt an.

Sie fand, daß die Leni immer noch recht gut aussah, schlank, ein wenig zurechtgemacht, mit ihren großen Augen in dem seltsamen Blau, das sie schon immer bewundert hatte, gut angezogen war sie auch, und daß es eigentlich den Versuch wert war, sie mit einem Mann, der seinerseits sympathisch war, ein bißchen sehr still vielleicht, aber das kam wohl von seiner Einsamkeit, also jedenfalls es müßte den Versuch wert sein, die zwei miteinander bekannt zu machen.

Andreas sagte, ehe er ging, daß er seine Mutter so gegen sieben Uhr wieder abholen werde.

»Des braucht's net, ich kann deine Mutter heimfahren. Du hast doch sicher mit deiner Freundin was vor.«

»Gar nix«, sagte Andreas. »Die haben das ganze Haus voll mit Familienbesuch, das langt mir nach einer Weile. Wir gehen vielleicht ein bißchen mit dem Hund spazieren, Susanne und ich, und dann verdrück ich mich wieder. Silvester können wir dann gemeinsam verbringen. Also bis um sieben, tschüs.«

Beim Kaffeetrinken erzählte Annelie vorsorglich von dem Gast des Vortages, und daß ihm der Gansbraten vorzüglich geschmeckt habe. »Ich hab ihm eine ordentliche Portion gegeben, er ist eh viel zu dünn.«

»Was gab's denn dazu?« erkundigte sich Leni höflich.

»Wie immer halt. Knödel und Blaukraut. Er sagt, das hätt's bei ihnen früher auch immer gegeben. Nur hat man da Klöße gesagt und nicht Knödel. Er ist nämlich Schlesier. Wie du.«

»Ja, das hast du schon gesagt.«

»Seine Frau, die mochte keinen Gänse-

braten. Der sei ihr zu fett, sie hat immer Weihnachten ein Hühnerfrikassee gemacht. Wie findst du nachher des?«

Leni lachte. »Wird ihm sicher auch geschmeckt haben.«

»Gestern jedenfalls hat's ihm sehr gut geschmeckt. Nicht, Anton?«

Anton gab einen Brummton von sich und fühlte sich unbehaglich. Schließlich wußte er, was seine Frau im Schilde führte.

»Dann hat er noch erzählt, was sie früher immer, zu Hause also, als er noch ein Bub war, am Heiligen Abend gegessen haben.

Verschiedene Würste und Sauerkraut und polnische Soße. Er hat das erklärt, aber verstanden hab ich's net.«

Leni lachte. »Aber ich. Das haben wir auch gegessen. Geräucherten Schweinebauch, also was ihr hier Wammerl nennt, und Kaßler und weiße Würste und braune Würste – die schlesischen weißen Würste schmeckten aber ganz anders als eure Weißwürste – und Kartoffeln und Sauerkraut und eben polnische Soße. Das ist allerhand Arbeit, da muß man nämlich –« Und nun begann Leni angeregt die Herstellung einer polnischen Soße zu erklären.

»Na, mir gangst«, sagte Annelie am Ende

der Schilderung, »so viel Arbeit, und das am Heiligen Abend.«

Dann sprachen sie eine Weile von etwas anderem, denn Annelie wollte ja diplomatisch vorgehen, sie wußte nur noch nicht, wie. Aber irgendein Wort hatte sich in ihrem Kopf festgehakt, sie kam nur nicht gleich drauf, doch dann, grad als Andreas unten klingelte, es war erst halb sieben, und lange waren sie wohl nicht mit dem Hund spazierengegangen, er und seine Susanne, klingelte es bei Annelie auch.

Silvester! Das war's.

Das war die nächste und die beste und sich geradezu anbietende Gelegenheit.

Sie erkundigte sich zunächst einmal nach Susanne und dem Hund, ließ sich berichten, daß beide liebenswerte Geschöpfe seien und Andreas offenbar sehr ans Herz gewachsen.

»Und trotzdem willst nach Berlin zum Studium?« fragte sie.

»Ja, will ich gern. Und Susanne schafft es vielleicht auch. Sie ginge gern mal eine Zeitlang von daheim fort.«

»Was studiert sie denn?«

»Jura, wie ich.«

»Da schau her«, meinte Anton respektvoll. »Da könnt ihr ja später mal eine Kanzlei aufmachen.«

»Na ja, später«, sagte Andreas unbekümmert.

»Kann man heute noch nicht wissen, was da sein wird. Es gibt noch andre Mädchen auf der Welt, und für Susanne vielleicht auch noch andre Männer. So früh kann man sich nicht festlegen.«

Annelie sah, daß Leni lächelte, und unterdrückte eine Bemerkung über die heutige Jugend. Genaugenommen hatte der Bub ja recht. Sich zu früh zu binden war eine Torheit.

»Sie wär sogar eine gute Partie«, erzählte Andreas lässig weiter. »Die Eltern sind sehr wohlhabend, und sie ist das einzige Kind. Aber das ist für mich grad ein Grund, mich nicht festzulegen. Da müßt ich erst mal sehen, wie sie sich macht. Sie hat nämlich sehr viele Verehrer.«

»Ja, da schau her«, sagte Anton wieder einmal.

»Wollt ihr denn an Silvester ins Gebirge fahren?« fragte Annelie listig.

»Nö, wollen wir nicht. Ist zuwenig Schnee, zum Skifahren müßt man weit hineinfahren, und dazu hab ich keine Zeit. Ich sitz an einer Seminararbeit. Ich hab gedacht, Mama«, und nun sah er seine Mutter an, »wir bleiben erst mal bei dir, der Ricky kommt auch mit, und die Monika mit ihrem Freund auch, und dann ...«

Leni lächelte gerührt. »Kinder, das habt ihr euch so ausgedacht. Das ist lieb von euch. Aber ihr braucht euch meinetwegen den Silvesterabend nicht zu verderben. Es macht mir nichts aus, allein zu sein.«

Und ob ihr das was ausmachte! Andreas konnte sich gut genug an das vergangene Jahr erinnern, als seine Mutter am Neujahrsmorgen rote verweinte Augen hatte. Damals hatten er und seine Schwester sich vorgenommen, daß ihnen das nicht mehr passieren würde.

»Ihr braucht mir kein Opfer zu bringen«, fügte Leni noch ein wenig theatralisch hinzu.

»Mama, das ist ein Schmarrn. Opfer! Wer redet denn von Opfer? Wir sind ja alle beisammen. Vielleicht kommt noch einer von meinen Kumpels mit. Wozu haben wir denn diesen großartigen Partyraum im Keller? Den schmücken wir ein bißchen, und Moni und Susanne machen eine große kalte Platte, tanzen können wir da auch, wenn wir wollen, und wenn wir Lust haben, können wir nach zwölf noch immer nach Schwabing hineinfahren. Nein, sag nichts, das ist so ausgemacht.«

»Deine Mutter könnte auch zu uns kommen an Silvester«, sagte Annelie rasch, ihr Plan war fertig. »Ich hab sowieso den Herrn Meier eingeladen. Weißt, der war gestern hier zum Essen und ...«

Andreas bekam die ganze Geschichte noch einmal zu hören. Herr Giesler zog nur überrascht die Brauen hoch, denn von einer Silvestereinladung an den gestrigen Gast hatte er bisher nichts gehört. Doch Andreas Lohse hatte seinerseits einen festen Plan, und der war mit seiner Schwester und Susanne abgesprochen, und davon ließ er sich nicht abbringen. Andreas war so. Was er sich vorgenommen hatte, führte er auch durch.

Ein Schnelldenker war er außerdem.

»Dann kommt ihr doch mit zu uns hinaus. Wär doch mal was anderes. Früher, als wir Kinder waren, haben wir immer abwechselnd Silvester einmal bei euch und einmal bei uns gefeiert. Oder nicht?«

»Ja, freilich, freilich«, rief Annelie begeistert. »Genauso war's.«

»Bis wir da nauskommen«, sagte Anton widerwillig.

»Ich hol euch ab«, bot Andreas an. »Und Ricky kann euch heimfahren, der trinkt sowieso nur Mineralwasser.«

»Notfalls«, sprach Herr Giesler, »können wir uns auch ein Taxi leisten.«

Annelie strahlte. »Fabelhaft! Das ist eine großartige Idee, Andreas. Nur –« Sie zögerte wirkungsvoll und blickte mit nachdenklicher Miene an allen vorbei. » – was machen wir mit unserem Schlesier?«

Andreas war, wie gesagt, ein Schnelldenker. Intuitiv erfaßte er, was in Annelies Kopf vorging.

Er grinste. »Den bringt ihr halt mit.«

»Aber Andreas!« sagte Leni. »Ein ganz fremder Mann.«

»Na, wenn schon.« Er und Annelie blickten sich gerade in die Augen. Dann lächelte Annelie, und Andreas nickte.

»Fragst ihn halt, ob er mag. Erzählst ihm, was für nette Menschen wir sind. Kommt er mit, ist es gut. Und wenn nicht, ist es auch noch so.«

»Das überlaß mal mir«, sagte Annelie. »Das mach ich schon.«

Später, als sie Abschied nahmen, Leni und Andreas hatten noch ein kleines Abendessen serviert bekommen, sagte Andreas leise zu Annelie: »Mir scheint, du hast da irgendwelche komischen Absichten.«

Annelie nickte. »Man kann es doch mal versuchen.«

»Ich werd mir den Heini ansehen.«

Auf der Heimfahrt sagte Leni zu ihrem Sohn: »Glaubst du, daß die wirklich alle zu uns kommen?«

»Na klar. Das wird eine richtige Silvesterparty, Mama.«

Dies war gewissermaßen der zweite Akt.

Viel Zeit blieb nicht, um alle Beteiligten in ihre Rollen einzuweisen. Die Tage zwischen den Jahren vergingen rasch. Und Annelie hatte die schwerste Aufgabe übernommen, denn Herr Meier wollte nicht.

»Auf keinen Fall«, sagte er. »Ich kann mich doch nicht einfach bei fremden Leuten einladen.«

»Und was wollen Sie Silvester machen?«

»Ich? Gar nichts. Es ist ein Tag wie jeder andere.«

»Ist es nicht. Auch für Sie nicht. Sie wären doch nur unglücklich. So sollte man das neue Jahr nicht beginnen.«

»Es ist für mich nicht mehr wichtig«, sagte Herr Meier.

Annelie wußte, daß Herrn Meiers Frau

gerade an den Tagen zwischen Weihnachten und Silvester im vergangenen Jahr gestorben war. Und ob er unglücklich sein würde!

Herr Meier wußte inzwischen über Frau Lohse Bescheid, und so dumm war er nicht, daß er Annelies Gedanken nicht erriet. Er ließ sich nichts anmerken, aber er blieb bei seiner Weigerung. Schließlich rief sie Andreas zu Hilfe, und der sprach per Telefon eine formvollendete Einladung aus, und so groß war seine juristische Beredsamkeit bereits, daß Herr Meier am Schluß genervt sagte: »Also gut, vielen Dank, ich nehme Ihre Einladung an.«

Das klang ein wenig steif und keineswegs begeistert, aber da Annelie nicht lockerließ, war es für Herrn Meier schließlich einfacher, ja zu sagen statt nein.

Und ein wenig neugierig war er inzwischen auch.

Am Silvesterabend gegen acht, als Andreas sie abholen kam, stand er mit einem feinen dunklen Anzug und Silberkrawatte bei Gieslers im Flur. Andreas gefiel ihm sofort. Und Herr Meier gefiel Andreas.

Ein großer hagerer Mann, ein blasses kluges Gesicht, eine goldgefaßte Brille. An seiner rechten Hand fehlten zwei Finger. Andreas merkte es, als sie sich die Hand gaben, er ließ sich nichts anmerken, aber eine winzige Reaktion war wohl doch zu spüren, und der Mann reagierte sehr sensibel darauf.

»Eine Kriegsverletzung«, sagte er.

Andreas nickte stumm.

Auf dem Weg nach Gröbenzell sprach eigentlich nur Annelie. Sie hatte sich sehr feingemacht, trug ein Kleid aus meergrüner Seide und hatte sich den Pelz nur leicht um die Schultern gelegt.

Sie erzählte von früher, wie sie immer Silvester gefeiert hätten, was sie gegessen und getrunken hätten, und was für ein großartiger Tänzer Andreas' Vater gewesen sei.

»Im Gegensatz zu dir.« Das galt Anton, der darauf nur grunzte. Ihm war nicht ganz wohl bei dem ganzen Arrangement.

Andreas gab dann die Spielregeln bekannt.

»Für euch hat Mama gekocht. Karpfen. Ich hoffe, Sie mögen Karpfen?« Die Frage galt Herrn Meier, und der sagte, daß er Karpfen außerordentlich gern äße.

»Bon. Da wir finden, daß es für meine Mutter zuviel Arbeit gewesen wäre, wenn sie für alle hätte kochen sollen, denn wir sind inzwischen auf acht Personen angewachsen, also ich meine, meine Schwester und ich und unsere Freunde, das wären im ganzen zwölf, haben für uns ein kaltes Büfett. Zur Vorspeise sind Sie herzlich eingeladen, dann der Karpfen für die Großen«, er lachte, »und dann werden wir weitersehen.«

Folgte der dritte Akt.

Nicht, daß es Herrn Meier auf dieser Fahrt behaglich gewesen wäre. Er wünschte, er wäre bei seiner Weigerung geblieben und hätte den Silvesterabend allein und in Ruhe verbracht. Seinetwegen auch unglücklich. War er das vielleicht jetzt nicht?

Er durchschaute die Geschichte inzwischen sehr gut. Ein Haufen junger Leute zur Auflockerung, die sich vermutlich königlich über die alten Herrschaften amüsierten, und er sollte sich mit dieser fremden Frau, die vor undenklichen Zeiten zufällig in Schlesien geboren worden war, anfreunden.

Ohne mich, dachte er grimmig. Und am liebsten hätte er zu Andreas gesagt: Halten Sie an, und lassen Sie mich aussteigen. Aber das traute er sich denn doch nicht.

Die Gefühle von Magdalena Lohse waren ähnlich. Aber sie kam nicht dazu, sich ihnen zu widmen. Erstens wimmelte das Haus bereits von den jungen Leuten, die nicht nur den Partyraum im Keller bunt geschmückt hatten, sondern jetzt auch das Wohn- und Eßzimmer mit Luftschlangen und Papierblumen garnierten.

Und zweitens hatte Leni zu dem Karpfen eine polnische Soße vorbereitet, das heißt, sie war schon fertig, sie hatte das am Vormittag getan, und nun die Soße gewärmt und kostete immer wieder, ob sie auch wohlgelungen war. So lange hatte sie keine polnische Soße mehr gekocht, hoffentlich schmeckte sie richtig. Sie hatte das dem unbekannten Landsmann zuliebe getan, die Frage war nur, ob Annelie und Anton so etwas mochten. Aber es würde ja auf jeden Fall noch zerlassene Butter geben, und Sahnemeerrettich war auch vorhanden, die Kartoffeln waren geschält, und die beiden Karpfen, mit Essig übergossen, schimmerten im schönsten Blau.

Monika kam mehrmals in die Küche, kostete ebenfalls von der polnischen Soße.

»Schmeckt ja himmlisch. Mhm, Mami, warum hast du das für uns nie gemacht?«

»Ich wußte ja nicht, ob ihr das mögt. Euer Vater mochte es nicht, und dann habe ich es eben nicht mehr gemacht.«

Monika tauchte noch mal den Löffel tief in den Topf.

»Göttlich! Nächste Woche machst du auch für uns mal Karpfen mit der Soße, ja?«

Leni lachte. »Ja. Mach ich. Aber nun laß mir noch was übrig.«

Monika trug was Superkurzes in Rot, ihre braunen Locken tanzten auf den nackten Schultern, sie sah bezaubernd aus.

Sie war es auch, die die Tür öffnete und die Gäste empfing. Und da begann die Katastrophe.

»Meine Schwester Monika«, sagte Andreas zu dem fremden Mann, nachdem Monika von Annelie und Anton auf die Wange geküßt worden war.

Anton murmelte nur: »Mei, o mei. Sauber hast dich rausgemacht.«

Monikas Freund, Klaus mit Namen, stand abwartend im Hintergrund.

Also: meine Schwester Monika.

Sie streckte dem Fremden die Hand hin, er schien zu zögern, nahm dann die dargebotene Hand und starrte stumm das Mädchen an, sprach kein Wort, keinen Gruß, stand nur da, Monikas Hand in seiner, sah in ihr Gesicht, und sein Gesicht wurde immer blasser, geradezu fahl.

Sie wußten alle nicht, was sie sagen sollten, und Monika zog schließlich befangen ih-

re Hand aus seiner, lachte unsicher, sagte: »Schön, daß Sie mitgekommen sind. Darf ich bekannt machen –« Sie wandte sich zu Klaus um, aber der Fremde achtete nicht auf Klaus, er sah nur in Monikas Gesicht, es entstand ein Schweigen, Annelie sagte etwas, Klaus kam näher, Monika sagte: »Ja, wirklich, wir freuen uns alle ...«

Und dann war es wieder still.

Der fremde große Mann mit dem blassen Gesicht schien zu erwachen. Er straffte sich, sah das verwirrte Gesicht des Mädchens und sagte: »Entschuldigen Sie. Es sind Ihre Augen. Sie haben eine merkwürdige Farbe.«

Klaus, leicht verärgert, trat neben seine Freundin.

»Haben sie auch. Veilchenblau. Sieht man selten. Guten Abend, Herr ... Herr ...«

»Das ist Herr Meier«, sagte Annelie rasch.

Und dann ging die Tür auf, die in die Küche führte: Auftritt Magdalena Lohse.

Da stand sie, und ihre Augen hatten die gleiche Farbe wie die Augen ihrer Tochter. Und überhaupt sahen sie einander sehr ähnlich.

Der Mann wandte sich ihr zu, Magdalenas Hand tastete nach dem Türrahmen. Sie erkannte ihn sofort.

»Nein«, flüsterte sie. Auch aus ihrem Gesicht wich das Blut, sie schien zu schwanken. »Nein«, wiederholte sie, »nein, das kann nicht sein.«

Hermann Meier trat einen Schritt auf sie zu, blieb stehen, wollte etwas sagen, die Stimme gehorchte ihm nicht.

»Mein Gott! Großer Gott!« Magdalena legte beide Hände vor das Gesicht. »Das... das kann es doch nicht geben.«

»Lendel!« brachte Hermann heiser hervor.

Wie im Traum gingen sie beide die wenigen Schritte, die sie trennten, die Frau schlang die Arme um ihn, er zog sie an sich. Sie schluchzte, er zitterte, alle anderen standen wie erstarrt. Die Diele hatte sich mittlerweile gefüllt, die anderen jungen Leute waren aus dem Keller heraufgekommen, alle standen sie wie Statisten auf einer Bühne, kein Regisseur hatte ihnen gesagt, was für ein Stück hier gespielt wurde.

»Was... was bedeutet das alles?« fragte Monika hoch und hell. »Mami... Mami, was ist denn?«

Andreas begriff als erster.

»Ich glaube, Moni, du siehst Mutter sehr ähnlich.«

»Ja, aber...«

Der Mann faßte sich als erster, er löste sich sanft von Leni, wandte sich um, plötzlich brach ein Lächeln in seinem Gesicht auf, ein Lächeln, das es jung und schön machte, er sah das Mädchen an und sagte: »Ja, Monika, genau wie du hat deine Mutter ausgesehen als junges Mädchen. Als ich dich sah, wußte ich, daß ich meine Schwester hier treffen würde.«

Annelie schrie auf, sie griff nach Antons Arm.

»Hast du das gehört? Seine ... seine Schwester.«

»Ja«, sagte Magdalena Lohse, geborene Meier, und ihre Stimme klang wie die einer Träumenden. »Du hast mir nicht gesagt, daß er Hermann heißt, Annelie. Das ist mein Bruder. Ich sah ihn das letztemal in Breslau. Ich brachte ihn auf den Bahnhof. Das war 1944, im Herbst. Er war zuvor im Lazarett gewesen, und dann auf Urlaub daheim.« Sie griff nach seiner rechten Hand und hob sie behutsam hoch. »Die beiden Finger ... die fehlten ihm damals schon. Und dann mußte er wieder hinaus. Wir haben nie wieder von ihm gehört.«

Sie schwankte, Hermann griff nach ihr, hielt sie fest.

»Holt mal'n Cognac«, rief Andreas, dann

trat auch er neben seine Mutter und stützte sie von der anderen Seite.

»Sie sind ... du bist Mutters Bruder? Und wir dachten immer, er sei gefallen. Was haben meine Eltern alles versucht, Rotes Kreuz und Suchdienst und Annoncen, und was weiß ich ... du bist ... ja, dann bist du ja mein Onkel.«

»Also das ist ja 'n dicker Hund«, murmelte Klaus, und auch die anderen jungen Leute ließen sich vernehmen. Erschüttert waren sie alle. Ricky, ein langer Blonder mit Vollbart, sagte: »So was liest man sonst nur in Romanen.«

Einer kam mit dem Cognac, Andreas wollte ihn seiner Mutter vorsichtig einflößen, aber sie hatte sich schon gefangen, nahm das Glas, trank die Hälfte von dem Cognac und sagte, ihren Bruder ansehend: »Ich glaube, er kann auch einen brauchen.«

»Ich auch«, rief Annelie. »Und ob ich einen brauche. Einen großen.« Sie trat auf Leni zu, drängte Hermann und Andreas weg, umarmte die Freundin und fragte: »Hab ich das gut gemacht? Da hat mir wohl der liebe Gott geholfen. Daß wir uns neulich am Viktualienmarkt getroffen haben, und ich ... mein Gott, das kann es ja nicht geben. Dein Bruder?

Und du hast früher so oft von ihm gesprochen. Wohnt der Mensch drei Häuser neben mir. Und sagt mir nicht, wer er ist. Im Supermarkt haben wir uns kennengelernt, Herr Meier... ach, Schmarrn, ich sag gleich Hermann, im Supermarkt. Ich hatte mal so viel zu tragen, und da fragt er mich: Kann ich Ihnen helfen, gnädige Frau? Wörtlich hat er das gesagt. Und der ist dein Bruder? Da hat mir der liebe Gott geholfen.«

»Ja, Annelie, das muß wohl so sein«, sagte Leni.

»Mami!« Das war Monika. Sie umarmte ihre Mutter, die Augen voller Tränen. »O Mami! Das kann es ja nicht geben. Das ist ja wie ein Wunder.«

Sie wandte sich um, blickte mit ihren großen veilchenblauen Augen den neuen Onkel an. »Darf ich dich auch küssen?«

Hermann legte die Arme um sie.

»Bitte«, sagte er.

»Ein Wunder«, bestätigte Andreas. »Ein kombiniertes Weihnachts- und Silvesterwunder. Und wenn ich jetzt nicht bald was zu essen kriege, falle ich in Ohnmacht. Wir müssen uns ranhalten, wenn wir noch lange hier rumstehen, fängt das neue Jahr an, und wir merken es gar nicht.«

AGNES S. TURNBULL

Das kleine Weihnachtsfest

Margaret Greaves winkte noch einmal, und zum letztenmal, von der obersten Stufe der Haustreppe, als Henrys Taxi über die vereiste Straße davonschlich. Dann schloß sie mit einem Kälteschauer die Tür und ging niedergeschlagen ins Wohnzimmer zurück.

Wieder einmal war ein Weihnachtsfest mit seinen sogenannten »festlichen« Tagen vorbei. Und nie vorher hatte sie sich so müde an Körper und Geist, so im Innersten enttäuscht gefühlt.

Wie stets hatte sie auch diesmal den großen Tagen mit einer beinahe kindlichen Spannung entgegengeblickt. Hank würde von der Universität, Penny von ihrem College heimkommen und Cecily und ihr Mann Bill aus der Stadt ins Elternhaus.

Die ganze Familie wieder vereinigt, alle durchströmt von dem köstlichen Glücksgefühl, wie an den Weihnachtsfesten der letzten Jahre …

Aber dieses Gefühl hatte versagt; wie schon oft in letzter Zeit. Nur war diesmal alles schlimmer als sonst gewesen.

Margaret ließ sich erschöpft auf die Couch sinken und blickte sich um. Der Raum schien ihr freudlos und unordentlich; er bot das Bild eines Hauses am Ende der festlichen Tage.

Wenn es nur das wäre, dachte sie. Ein Tag aufräumen, und alles würde wieder seine Ordnung haben – so einfach wäre das. Aber das Übel saß viel tiefer. Und trotzdem wußte sie, daß die Arbeit der Enttäuschung und Trauer unmittelbar entgegenwirken würde. Pennys Zimmer im oberen Stock sah nach ihrer gestrigen Abreise aus, als sei ein Tornado darüber hinweggefegt, und dasjenige Hanks, der schon vor zwei Tagen zurückgefahren war, sah auch nicht viel besser aus. So würde ihr also Henrys Geschäftsreise wenigstens Gelegenheit geben, gründlich aufzuräumen.

Sie sah die vergilbte Stechpalme an, die Mistelzweige und den kleinen Christbaum. Diese würde sie zuerst wegräumen, und es war ja auch der richtige Tag dafür. Dreikönige, das »kleine Weihnachtsfest«, wie es von der alten Kinderfrau Anja im Sprachgebrauch ihrer fernen Heimat immer genannt wurde.

Plötzlich stieg Margaret eine sanfte, ungewohnte Röte in die Wangen. Da saß sie nun in Gedanken versunken und sprach laut vor sich hin.

»Kleines Weihnachtsfest«, sagte sie wieder und wieder. »Kleines Weihnachtsfest, jetzt, heute, und meins, wenn ich will!«

Und sie wußte, daß sie das wollte. Mehr als nach allem andern in der Welt sehnte sie sich nach einer zweiten Chance in diesem Jahr, Weihnachten zu feiern. Wie ein aufgeregtes Schulmädchen fing sie an, Pläne zu machen. Zuallererst wollte sie das Wohnzimmer aufräumen und säubern. Sie würde (und mit welchem Gefühl der Erleichterung) die welke Stechpalme wegwerfen und sie durch frisches Grün ersetzen; sie würde die albernen Einhörner und Goldkugeln forträumen, mit denen Cecily den Kaminsims dekoriert hatte. Sie wollte sogar die alte Krippe und die Figuren der Hirten und Weisen vom Speicher holen. Sie standen früher jede Weihnacht auf dem Kaminsims.

Margaret erinnerte sich daran, wie Cecily zum erstenmal über sie gemault hatte. Es war bei ihrem ersten Weihnachtsurlaub vom College gewesen.

»Mutter, muß denn dieser alte Krempel

wirklich wieder auf den Kaminsims? Schrecklich altmodisch. Ich würde es gern mal mit etwas Neuem versuchen, etwas Überraschendem ...«

Wie gewöhnlich gaben sie Cecily nach, und das Resultat war weiß Gott überraschend. Im nächsten Jahr hatte sie gebeten, den Baum selber schmücken zu dürfen. »Ich hab' eine großartige Idee, Mutter! Ich finde es schrecklich kindisch, immer das gleiche alte Zeug hinzuhängen. Laß es mich einmal versuchen, bitte!«

Und natürlich war es ihr erlaubt worden. Sie konnten ihr einfach an jenem Weihnachten nichts abschlagen. Sie war als Klassenerste mit einem glänzenden Zeugnis und einer besonderen Anerkennung des Direktors heimgekommen. Sie hatte die Hauptrolle in der Schulaufführung ihres Semesters gespielt und sogar in der Ausstellung des Colleges eines ihrer Bilder zeigen dürfen.

Aber so war Cecily – hinreißend hübsch und attraktiv. Ihr wacher Geist und ihr gutes Aussehen, zu denen noch ihre künstlerischen Begabungen kamen, stellten sie schon immer in den Mittelpunkt jeder Szene.

Als der kleine Hank geboren wurde, wog die Tatsache, daß er ein Junge war, sein alltägliches Aussehen auf. Und als er größer wurde, wußte er sich mit handfester, männlicher Normalität zu behaupten.

Penny, ihr drittes Kind, war das eigentliche Problem gewesen. Ihr Haar war dunkel und strähnig, ihre Augen mißtrauisch und grau, und ihre Gesichtszüge zu herb, um schön zu sein. In der Schule war sie unter dem Durchschnitt geblieben. Irgendwie fiel sie immer auf. Sie hatte keines der großen Colleges besuchen können, und besonders keines vom Range dessen, in dem Cecily war, aber schließlich konnte man sie doch in einem der unbedeutenderen unterbringen.

Wieder kam es Margaret in den Sinn, wie Cecily zum erstenmal den Weihnachtsbaum geschmückt hatte. Bisher war es ihr nie ganz klargeworden, aber jetzt entsann sie sich, daß es ihr an jenem Weihnachten zum erstenmal auffiel, wie anders geartet Penny war.

Henry war stark verärgert und sie selber bestürzt und verletzt.

Jetzt fragte sie sich plötzlich, ob daran wirklich der Christbaum schuld gewesen war. Penny holte früher immer den Baumschmuck vom Speicher und bestand darauf, auf die Leiter steigen zu dürfen, um den Stern an der Spitze zu befestigen.

Margaret betrachtete den kleinen Baum auf dem Tisch, der mit geschickt ersonnenen Papierrosetten behängt war, hinter denen die winzigen Lampen rötlich schimmerten. Zugegeben, es war bestimmt künstlerisch und originell, aber weihnachtlich sah es nicht aus. Sie stand auf und ging fast erbittert zu dem Bäumchen, entfernte die Rosetten und warf sie in den Papierkorb. Sie nahm die Lämpchen ab, dann ergriff sie den Baum und warf ihn aus der Hintertür.

Sie war nun mitten in ihrer Arbeit und selber erstaunt, wie rasch sie ihr von der Hand ging. Sie stieg auf den Speicher und holte die Schachteln mit der Krippe und den Krippenfiguren. Dann stellte sie alles behutsam und liebevoll dahin, wo es immer gestanden hatte.

Sie trat zurück und musterte das Zimmer. Es war schön. Heute abend wollte sie Kerzen und ein Feuer im Kamin anzünden und alles das tun, was sie zu Weihnachten immer tun wollte. Dadurch würde sie vielleicht Kraft und Einsicht genug gewinnen, um morgen die Sorgen auf sich zu nehmen, die ihr Herz beschwerten.

Sie blickte in die Ecke, in der der große Baum sonst immer gestanden hatte. Es war

töricht von ihr, ihn jetzt wieder dort sehen zu wollen, aber sie tat es.

Wenn sie ihn nur haben könnte, behängt mit dem alten Schmuck, und die Spielsachen darunter, welche die Kinder immer dahin stellten, dann wäre es so, als ob sie jene glücklichen Tage wieder herbeizaubern könnte, als Weihnachten noch eine ungetrübte Freude gewesen war.

Da kam Margaret ein Einfall. Nebenan wohnten die Dyers'. Ihre Kinder waren klein, und ihr Baum war groß. Sie zögerte nicht lange, um sich nicht von Vernunfts- und Schicklichkeitsgründen von ihrem Plan abbringen zu lassen. Sie nahm einen Mantel um und ging hinüber. Die kleine Mrs. Dyers war gerade dabei, ihren Baum abzuschmücken.

»Was wollen Sie denn mit dem Baum machen?« fragte Margaret, als die ersten Höflichkeiten getauscht waren.

»Ja, das ist ein Problem, nicht wahr?« sagte Mrs. Dyers. »Ich denke, ich werde ihn fürs erste einmal in den Hinterhof werfen.«

»Würden Sie ihn mir vielleicht geben?« Margaret bemühte sich, die Frage ganz unbefangen zu stellen. »Sehen Sie, ich bin auf eine dumme Idee gekommen. Ich möchte ein kleines Experiment mit Baumschmuck machen, für das nächste Fest, und unser Baum ist zu klein dafür.«

Margaret hoffte, es habe nicht allzu phantastisch geklungen. Mrs. Dyers stimmte erleichtert zu.

Beim Heimgehen dachte Margaret an ihre junge Nachbarin. Sie hoffte, Hank würde eines Tages solch ein Mädchen heiraten, so lebhaft, heiter und modern, und doch eine so gute Mutter und Hausfrau. Würde Hank vernünftig wählen? Würde er warten, bis er wirklich wußte, was er sich wünschte?

Dieses Mädchen, das er während der Feiertage oft ausgeführt hatte, war so schnippisch, so selbstbewußt, so überfeinert, mit kühl berechnenden Augen und einem Lachen, in dem ein spröder Ton schwang.

Hank war bisher noch mit keinem Mädchen gegangen. Er hatte sich eigentlich immer nur für Sport interessiert. Was würde sein, wenn er von diesem Mädchen wirklich geblendet wäre? Margaret fühlte instinktiv, daß es ein Unglück für ihn sein könnte.

Margaret erflehte für ihre Kinder stets das Glück und die dauernde Zufriedenheit in der Liebe, die sie selber mit Henry verband. Und als sie an Cecily dachte, hatte sie das Gefühl,

ihr Herz kehre sich um, denn hier lag der bitterste Schmerz.

Kaum war sie zu Hause, als der ältere Dyersbub mit dem Baum erschien. Jetzt beeilte sie sich nicht mehr mit ihrer Arbeit. Während sie den Baum schmückte, hielt sie oft inne und betrachtete den alten Tand in ihrer Hand. Die Früchte zum Beispiel, den roten Apfel, den goldenen Pfirsich, die grellgrüne Birne. Die Kinder hatten sie ganz besonders gern gehabt. Und dann kamen die kleine silberne Trompete, die rosa Wachsrose, der blaue Vogel und der Engel. Und jedes dieser Dinge redete seine eigene Sprache, erzählte seine eigene Geschichte.

Schließlich blieb nichts mehr als der Stern, der auf die Spitze gehörte. Sie dachte an Penny, die immer gebettelt hatte, den Stern befestigen zu dürfen.

Penny, ihre fremde, unbegreifliche Tochter, die schon im ersten Semester in zwei Fächern durchgefallen war.

Es schien ihr gar nichts auszumachen, und als sie heimkam, war es notwendig, sie ernstlich ins Gebet zu nehmen. Sie erwähnte nur nebenbei, daß sie einen Schwimmrekord gebrochen hatte. Das brachte bei Henry das Faß zum Überlaufen.

»Ein Schwimmrekord!« Er hatte es beinahe gebrüllt. »Glaubst du, wir zahlen jährlich fünfzehnhundert Dollar, damit du schwimmen gehst? Jetzt ist aber Schluß mit dem Blödsinn, und du setzt dich über deine Arbeiten!«

Penny hatte nichts darauf erwidert und war in ihr Zimmer gegangen. Was nun, wenn sie wirklich aus dem College fliegen sollte! Was konnten sie dann mit Penny anfangen?

Und dabei war sie doch in andern Dingen so zuverlässig! Cecily vergaß häufig etwas, und immer war es Penny, die schweigend und unauffällig zur Stelle war, wenn sie gebraucht wurde.

Es war auch Pennys Weihnachtsgeschenk gewesen, das ihre Mutter am meisten gefreut hatte: eine kleine Flasche Parfüm der teuren Marke, das Margaret liebte. Das mußte ein großes Loch in Pennys Taschengeld gerissen haben. Das Fläschchen war sauber eingepackt, und eine kleine Karte hing daran: »Frohe Weihnachten für Mom von Penny.«

Cecilys Geschenk war eine phantastisch grüne Handtasche gewesen, die zu keinem ihrer Kleider paßte, und auf der Karte stand: »Ein Meer von Liebe der großartigsten Mutter der Welt.«

Margaret seufzte. Sie wußte schon seit einigen Tagen über Cecily und Bill Bescheid. Sie hatten es ihr gestanden, was da drohte, jeder auf seine Art.

»Mutter, ich kann's kaum fassen! Es ist einfach großartig!« So hatte Cecily begonnen, als sie am Vorabend des Festes ein paar Minuten ungestört waren.

Margaret kannte die Art von Einleitung. Sie bedeutete, daß Cecily wieder einmal irgendeinen neuen Erfolg hatte.

»Man hat mir die Stellung als Mitherausgeberin des Magazins angeboten.«

»Cecily! Aber das ist ja wunderbar! Liebling, ich bin so stolz auf dich!«

»Was gibt es denn?« hatte Penny gefragt, die gerade ins Zimmer kam.

Margaret wiederholte die große Neuigkeit, und Penny nahm sie ohne Kommentar auf und ging.

Cecily fuhr fort: »Ich kann's niemand sagen, wie sehr ich mir diese Stellung gewünscht habe! Wie glücklich ich mich darin fühlen werde! Und ich weiß, was ich aus ihr machen kann, nur ...«

»Nur, was?«

»Bill bockt deswegen.«

»Was soll das heißen?«

»Nun, wir hatten uns doch vorgenommen, daß ich mir im neuen Jahr Zeit nehmen würde, ein Baby zu bekommen. Mit der neuen Stellung kann ich das nicht. Ich meine, Bill sollte doch vernünftig sein. Wir haben ja noch so viel Zeit.« Cecilys reizendes Gesicht war plötzlich hart geworden. Ein fremder Klang war in ihrer Stimme, als sie fortfuhr: »Ich könnte dir sogar sagen, daß diese Sache zwischen uns ernst ist. Er hat mir ja beinahe ein Ultimatum gestellt, und das lasse ich mir von niemandem gefallen.«

»Aber Liebling, darüber solltest du dich doch mit ihm verständigen können... Ein Kompromiß...«

Jetzt merkte sie erst mit Beschämung, daß sie Cecily in dieser höchsten Ehre einen Strich hatte durch die Rechnung machen wollen.

Cecily hatte sich abgewandt. »Vielleicht wirst du mit ihm fertig«, sagte sie, und plötzlich klang ihre Stimme tonlos und müde. »Auf dich hört er ja immer.«

Bill war an diesem Abend in ihr Zimmer gekommen, wo Margaret fieberhaft die letzten Päckchen einwickelte. Sie hatte solch einen hektischen Tag gehabt, und nun mußte sie vor dem Schlafengehen auch noch den Truthahn füllen. Sie mochte Bill gern, und da

er keine Mutter besaß, hatte er sie ins Herz geschlossen.

»Wir haben Ärger miteinander, Mom, Cecily und ich. Es ist schlimm.«

»Sie hat's mir schon gesagt, Bill. Du darfst eure Ehe nicht zerstören lassen. Du mußt versuchen, auch die andere Seite zu verstehen.«

»Ich brauche dir nicht zu sagen, wie sehr ich Cecily liebe. Das weißt du doch. Aber jetzt hat sie sich zu dem entschieden, was sie will.«

»Lieber Bill, sie ist ja noch so jung. Sie hat später noch Zeit genug.«

»Jede andere, aber Cecily nicht. Ich kenne sie wahrscheinlich besser als du. In ein paar Jahren wird ihr dieses Magazin schrecklich viel Arbeit machen. Sie wird keine Zeit mehr haben, Kinder zu bekommen und ihnen ein Heim zu bieten. Und ich bin ganz sicher«, setzte er zögernd hinzu, »daß sie kaum mehr Raum für mich haben wird, wenn sie weitermacht.«

»Sag das nicht, Bill.«

»Ich sehe nur den Tatsachen ins Gesicht. Aber eines mußt du mir glauben, Mom, ich habe auch Cecilys Glück im Auge, nicht nur mein eigenes. Ich habe genug einsame, berufstätige Frauen von fünfundvierzig gesehen.«

»Ich auch.«

»Deswegen kämpfe ich mit allen Kräften um uns beide.«

Unter Tränen hatte sie ihn geküßt. »Ich wünsche euch beiden alles Glück. Aber tut euer Bestes, um einander zu verstehen. Cecily werde ich das noch selber sagen. Und laßt es mich wissen, wenn ihr mit dieser Geschichte ins reine gekommen seid.«

Margaret versuchte, ihrer Besorgnis Herr zu werden. Sie hatte inzwischen von den beiden kein Wort mehr darüber gehört. Sie wußte nicht, ob das ein gutes oder schlimmes Zeichen war. Hastig verzehrte sie ihr einsames Abendessen, dann entfachte sie das Feuer im Kamin, zündete die Kerzen an und knipste die Lämpchen am Baum an. Dann setzte sie sich hin und überließ sich einer Anwandlung von Frieden.

Dieser Abend gehörte ganz ihr, und in ihm konnte sie sich mit dem abfinden, was sie entbehrt hatte, und sich für das Kommende rüsten. Plötzlich kam ihr in den Sinn, daß dasjenige ihrer Kinder, das sich jetzt mit ihr freuen würde, Penny war. Sie würde nicht viel Worte machen, aber sie würde sich freuen.

»Ich habe einen Schwimmrekord gebrochen...« Dieser Satz schoß ihr durch den Kopf. Penny hatte ihn ganz nebenbei fallenlassen, als ihre Leistungen zur Sprache gekommen waren. Und außer Henrys Aufbrausen hatten sie diese Neuigkeit vor lauter Sorgen um Pennys Studium ohne Kommentar hingenommen. Sie hatte einen Rekord gebrochen. Was für einen Rekord? Sie hatten nicht einmal danach gefragt.

Plötzlich setzte Margaret sich sehr aufrecht hin. Das mußte für Penny doch viel bedeutet haben! Sie hatte ihren Triumph auf ihre Art vor ihnen ausgebreitet, und sie ignorierten ihn.

Margaret begriff plötzlich; es war der erste Triumph, den Penny bisher erlebt hatte. Sie war schon immer gern schwimmen gegangen, aber niemand hatte sich viel darum gekümmert. Und nun dieser Rekord!

In einer plötzlichen Eingebung stand Margaret auf und rief Penny mit einem Ferngespräch an.

»Hallo, Liebling!« Margaret wußte, daß ihre Stimme nervös klang.

»Hallo, Mom! Irgendwas los?«

»Aber nein, Penny, ich möchte nur etwas über den Schwimmrekord erfahren, den du gebrochen hast.«

»Was möchtest du?«

»Erzähl mir alles darüber.«

»Ach, da gibt's nicht viel zu erzählen.«

»Penny, bitte! Was für ein Rekord ist das gewesen?«

»Nun«, sie hörte den freudigen Ton, der in Pennys Stimme gekommen war, »weißt du, im College finden doch keine Wettkämpfe statt. Wir haben einfach unsere eigene Mannschaft. Aber natürlich verfolgen wir alle Rekorde. Und gerade vor Weihnachten hab' ich den Hundert-Meter-Rekord der amerikanischen Frauenliga im Freistilschwimmen gebrochen ...« Penny gab sich Mühe, das ganz gleichgültig zu sagen, aber ihre Mutter spürte, wie erregt sie war.

»Penny, aber das ist ja einfach großartig! Waren sie nicht ganz außer Rand und Band drüben in deiner Schule?«

»Ach, ein bißchen Aufhebens haben sie schon davon gemacht.«

»Liebling, ich bin so stolz auf dich, daß ich ganz durcheinander bin.«

Langes Schweigen am anderen Ende der Leitung. Margaret fuhr fort: »Ich wollte, du wärst heute abend hier. Weißt du, ich bin ganz allein, und so feiere ich das, was Anja das kleine Weihnachtsfest genannt hat. Erin-

nerst du dich? Ich habe alles so hergerichtet wie früher, als ihr noch Kinder gewesen seid, die Krippe und die Figuren auf dem Kamin, und ich habe mir Dyers' Baum ausgeliehen und den alten Schmuck daran gehängt.«

»Mom, das hast du getan?« Es klang beinahe ungläubig.

»Ja. Klingt ein bißchen verrückt, nicht wahr?«

»Ist der blaue Vogel dran ... und die Rose?«

»Ja.«

»Und die Früchte auch?«

»Alles.«

»Der Pfirsich hat mir gehört. Ich hab' immer Angst gehabt, Cecily wollte ihn haben, aber die hat den Apfel gewählt. Die Birne hat Hank gehört. Du ... du hast die Spielsachen wohl nicht vom Speicher geholt?«

»Doch, das habe ich. Die Puppe und den Teddybären und den Hund. Sie haben doch immer dazugehört. Aber dieses Jahr hat alles nicht so recht gestimmt. Ich frage mich, ob du weißt, daß Cecily und Bill ...«

»Cecily ist eine verdammte Idiotin. Wenn ich so einen netten Mann hätte wie Bill, möchte ich Kinder von ihm.«

»Ich bin sicher, daß du das möchtest,

Liebling. Ich wollte, Cecily hätte ein bißchen mehr von dir.«

Wieder ein atemloses Schweigen, und dann kam eine seltsam heisere Stimme. »Möchtest … möchtest du das noch mal sagen?«

»Ich habe gesagt«, wiederholte Margaret laut und deutlich, »ich wollte, Cecily hätte ein bißchen mehr von dir.«

»Mom …«

»Ja, Liebling.«

»Ich bin schrecklich froh, daß du angerufen hast.«

»Ich auch.«

»Willst du Hank auch anrufen?«

»Daran hab' ich noch nicht gedacht.«

»Ich glaube, Hank würde das von dem Baum gern hören. Und Mom, sag Daddy, daß ich jetzt feste arbeiten will. Es wird mir nun viel leichter fallen. Ich … ich fühle mich jetzt ganz anders. So … so glücklich!«

»Ich werd' es ihm sagen, Penny. Alles Liebe! Und gute Nacht!«

Mit feuchten Augen saß Margaret am Schreibtisch. So viel schien sich jetzt geklärt zu haben. Sie meldete ein Gespräch mit Hank an. Sie zweifelte, ob ihn das alles stark interessieren würde, aber es würde ihr guttun, seine Stimme zu hören. Als sie ihm fast entschuldigend sagte, was sie getan hatte, lachte Hank nicht.

»Hast du die Trompete an den Baum gehängt?« fragte er.

»Natürlich.«

»Auch die Birne?«

»Ja.«

»Bei Gott, ich erinnere mich, daß ich sie immer am liebsten gehabt habe. Wegen der Trompete hat es einen Kampf mit Cecily gegeben, aber ich bin Sieger geblieben.«

»Ich habe auch die alten Spielsachen heruntergeholt. Du weißt doch, eure Lieblinge, die immer Weihnachten mit euch feiern sollten.«

»Hast du? Na, bist du nicht erstaunlich sentimental, Mom? Ich weiß noch, wie Penny sie immer heimlich heruntergeholt und hinter dem Baum versteckt hat, als wir schon zu groß für sie geworden waren. Penny ist ein gutes Mädchen.«

»Ja, das ist sie gewiß«, stimmte Margaret zu, und es steckte ihr etwas in der Kehle. Sie erzählte ihm auch von Pennys Schwimmrekord. Hank war ganz aufgeregt.

»Nein! Im Ernst? Sie hat den Hundert-Meter-Freistil-Rekord gebrochen? Das ist wirklich allerhand, Mom! Und sie hat kein Wort davon gesagt.«

»Schreib und gratuliere ihr, Hank.«

»Darauf kannst du dich verlassen. Nein, das ist doch wirklich enorm! Aber weißt du, Penny setzt sich immer so leidenschaftlich für alles ein. Na, und was machst du heute abend, Mom, so ganz allein?«

»Ach, alles, wozu ich beim richtigen Weihnachten keine Zeit gehabt habe. Ich liebe die altmodischen Bräuche ebenso« – sie zögerte ein wenig – »wie einige altmodische Qualitäten bei Mädchen.«

»Jaa … vermutlich ist das auch bei mir der Fall, wenn ich ehrlich sein soll.«

»Auf die Dauer steht man sich besser mit ihnen, Hank.«

»Daß du wieder davon anfangen mußt!« In seiner Stimme war eine leichte Schärfe.

(Er ist dabei, hinter das Mädchen zu kommen, dachte Margaret. Und dann wird er bald sicher vor ihr sein.)

»Mom, ich möchte mir das Zimmer wieder mal so vorstellen können, wie es in unserer Jugend ausgesehen hat. Laß es uns doch nächstes Jahr so machen.«

»Das werden wir. Und nun alles Gute, Lieber. Leb wohl!«

Margaret ging langsam zur Couch zurück und setzte sich. Ihr war warm ums Herz geworden. Und jetzt zu ihrem Abend. Sie hatte sich ihre liebste Weihnachtslektüre ausgesucht. Die Bücher lagen neben ihr auf dem Tisch. Sie reichten von der »Nacht vor dem Fest« bis zum Lukas-Evangelium. Sie lächelte, als sie über die Bücher strich. Wie verschieden sie auch sein mochten, sie liebte sie alle, und sie wollte in ihnen lesen. Und ein paar Weihnachtslieder wollte sie auch noch spielen.

»Du mit deinen ewigen Weihnachtsliedern!« hatte Cecily manchmal gesagt. »Werden sie dir allmählich nicht langweilig?«

Sie versah den Kamin mit neuen Scheiten, setzte sich mit einem tiefen, zufriedenen Seufzer und begann zu lesen. Und in diesem Augenblick hörte sie draußen ein ungeduldiges Rappeln des Türklopfers und dann die Haustür aufgehen. Sie wußte sofort, daß das Cecily und Bill waren.

Cecily trat als erste ein. Sie sah blaß und angegriffen aus. Bill, der ihr auf dem Fuß folgte, wirkte, als habe er eine Woche lang nicht geschlafen. Margaret wußte, daß sie gekommen waren, um es ihr zu sagen. Jetzt, heute, an diesem Abend!

Aber beide sahen sich nur erstaunt im Zimmer um.

»Was in aller Welt...!« rief Cecily.

»Es ist die zwölfte Nacht«, sagte Margaret. »Das kleine Weihnachtsfest. Dieses Jahr hat mich unser Weihnachten enttäuscht, und deswegen feiere ich es noch einmal. Und das werde ich tun, auch wenn ihr dabei seid.«

Bill stand am Kamin und betrachtete die Krippe und die Krippenfiguren. Cecily war zum Baum gegangen. Ihre Mutter konnte ihr Gesicht nicht sehen, aber sie sah, wie sie den Baumschmuck berührte.

»Wo ist der Apfel?« fragte sie.

»Dort, ein bißchen höher rechts.«

»Der und der Engel haben immer mir gehört.«

»Was war das?« fragte Bill.

»Nichts«, sagte Cecily.

Und dann stieß sie einen kurzen Ruf der Überraschung aus.

»Himmel, sogar die alten Spielsachen hast du heruntergeholt!«

Bill war zu ihr getreten. Er spähte in den Schatten unter der Tanne. Cecily nahm die Puppe auf, aber sie setzte sie plötzlich wieder hin und wandte sich ab, als schäme sie sich einer Dummheit.

Margaret sagte sehr bestimmt: »Ich werde jetzt ein paar Weihnachtslieder singen und spielen und dann die Lieblingsstellen aus meiner Weihnachtslektüre lesen. Ich muß euch warnen.«

Bill ging zum Sessel vor dem Kamin und ließ sich hineinsinken. Im Schein der Tischlampe sah sein Gesicht mager und verhärmt aus. Cecily warf ihm einen kurzen Blick zu, dann setzte sie sich auf die Couch. Ihr schönes Profil sah immer noch kalt und angegriffen aus.

»Ich denke, das werden wir wohl noch aushalten können«, sagte sie.

Margaret spielte und sang ohne Noten. Es kostete sie große Anstrengung, sich der vertrauten Worte zu erinnern und sich nicht von dem Kummer ablenken zu lassen, den sie in Cecilys und Bills Gesichtern wahrnahm.

Sie ging von einem der lieben, alten Lieder zum nächsten über und war schließlich bei »Stille Nacht« angekommen. Als sie sang, brach ihr fast das Herz vor Verlangen nach ihren Kindern, die mit ihr in diesem Zimmer saßen und doch so weit fort waren.

Bill saß jetzt vorgebeugt, den Kopf in den Händen. Cecily verhielt sich still und blickte in den Baum. Einmal fing ihre Mutter einen

Blick auf, den sie Bill zuwarf, um dann schnell wieder fortzusehen.

Margaret stand auf und ging wieder zu ihrem Platz. Sie versuchte unbefangen zu sprechen.

»Jetzt«, sagte sie, »werde ich meine alten Lieblingsstellen lesen. Ihr könnt immer noch ausreißen, wenn ihr wollt.«

Keiner der beiden gab eine Antwort, und so begann sie zu lesen. Sie las den »Abend vor der Heiligen Nacht«. Als sie geendet hatte, blickte sie versonnen auf die lodernden Scheite.

»Als die Kinder noch klein waren, Bill, haben wir ihnen immer erlaubt, am Nachmittag vor dem Heiligen Abend beim Baumschmükken zu helfen. Und nach dem frühen Abendessen haben sie sich auf den Teppich vor dem Kamin gehockt, während ich ihnen vorlas. Erinnerst du dich, Cecily?«

»Natürlich«, gab sie in einem seltsamen Ton zur Antwort.

»Auch als sie älter geworden sind, haben wir unser weihnachtliches Ritual noch immer geliebt, nur haben wir dann ein Stückchen des »Weihnachtsliedes« in Prosa dazugenommen.«

Margaret schlug den alten, zerlesenen

Band Dickens auf und las. Sie las langsam und gedämpft. Dazwischen sah sie einmal auf und bemerkte, daß der verhärmte junge Mann und die junge Frau mit dem versteinerten Gesicht einander ansahen. Bills Blicke waren schmerzlich und flehend, und die seiner Frau … aber sie konnte Cecilys Augen nicht sehen.

»Erinnerst du dich auch, Cecily, wie ihr Kinder immer Angst um den kleinen Tiny Tim gehabt habt, obwohl ihr wußtet, daß er gar nicht zu sterben brauchte?«

»Ich erinnere mich«, sagte Cecily.

Margarets Kehle war nun wie zugeschnürt. »Und jetzt«, sagte sie, »werde ich die schönste Geschichte von allen lesen.«

Sie griff zu der kleinen Bibel und las die Weihnachtserzählung des Lukas-Evangeliums, und etwas vom Frieden dieser Worte schien aus den Seiten aufzusteigen und im Raum zu schweben.

»Es begab sich aber zu der Zeit, daß ein Gebot von dem Kaiser Augustus ausging, daß alle Welt geschätzt würde …«

Als Margaret weiterlas, fühlte sie, wie ihre eigene Bewegung sie überwältigte. Sie wußte auch, daß sie das Kapitel des Lukas-Evangeliums nie würde zu Ende lesen können.

»... *Und sie gebar ihren ersten Sohn und wikkelte ihn in Windeln und legte ihn in eine Krippe; denn sie hatten sonst keinen Raum in der Herberge...*«

Die Stimme versagte ihr. Sie schloß das Buch und legte es auf den Tisch zurück. Schweigen herrschte im Raum. Sie wagte nicht aufzublicken, als die Minuten verstrichen.

Dann endlich spürte sie, daß Cecily aufgestanden und zu Bill hinübergegangen war. Da hob sie den Blick und sah sie dort stehen, die Wangen tränennaß und auf dem Gesicht das liebliche Wunder der Frau, die sie eines Tages werden würde.

»Wir müssen gehen, Mutter. Bill ist so schrecklich müde. Er braucht ein bißchen Ruhe. Es ist wunderbar gewesen, heute abend hier zu sein. Und, Mutter, bewahre das Spielzeug gut auf. Du weißt nicht, was vor dem nächsten Jahr geschehen kann.«

Als sie fort waren, kam Margaret in den tannenduftenden, feuererwärmten, kerzen-

erhellten Raum zurück, und ihr Herz schmolz in Freude hin. Mit der Hoffnung und Erleichterung war zugleich ein neues Wissen und Verstehen in ihr erwacht. In der Wiederkehr der Heiligen Nacht, in der die Weisen gekommen waren, um das Kind in der Krippe anzubeten, waren ihr die eigenen Kinder wiedergeschenkt worden, und sie waren von den Gefahren verschont, die sie immer bedroht hatten.

Wie früher waren sie jetzt vereint und geschützt im Kreis der Liebe.

Wenn Henry bei ihr wäre, um sich mit ihr zu freuen, wäre der Kreis geschlossen.

Sie hob den Kopf und dachte nach. Sie konnte es nicht ertragen, ihn so von dem seltsamen und wundervollen Glück dieses Abends ausgeschlossen zu wissen. Sie konnte ihn nicht anrufen, weil es der Abend des großen Banketts war, aber sie konnte ihm ein Telegramm schicken.

Ein kleines Lächeln spielte auf ihren Lippen, als sie sich das vorstellte. Sie sah Henry vor sich, wie er spät ins Hotel zurückkam und ihr Telegramm vorfand. Zuerst würde er erschrecken, und dann, wenn er es gelesen hatte, verwundert sein. Schließlich würde er es mit dem ihr vertrauten, halb spöttischen, halb liebevollen Ausdruck seiner Augen in die Brusttasche stecken. Er würde denken: Was sie jetzt wohl hat?

Margaret wiederholte sich den Text ihrer Botschaft dreimal, ehe sie ihn dem Fräulein vom Amt durchgab.

»Frohes kleines Weihnachtsfest und all meine Liebe.«

Knaur®

Romane von Ashley Carrington

(2834)

(2838)

(3135)

(2837)

(3152)

(3207)

Knaur

Romane von
James Clavell

Foto: © Snowdon

(235)

(625)

(1439)

(3004)

(653)

Knaur

Romane von Johannes Mario Simmel

Von Johannes Mario Simmel sind außerdem bei Knaur erschienen:

Bis zur bitteren Neige (118)
Liebe ist nur ein Wort (145)
Lieb Vaterland magst ruhig sein (209)
Alle Menschen werden Brüder (262)
Bitte laßt die Blumen leben (1393)

(437)

(728)

Foto: Isolde Ohlbaum

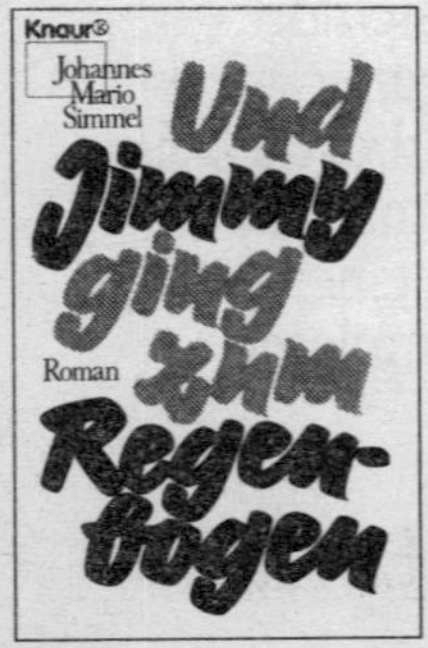

(397)

(2957)

Die im Dunkeln sieht man nicht (1570)
Im Frühling singt zum letztenmal die Lerche (60089)
Es muß nicht immer Kaviar sein (29)
Die Antwort kennt nur der Wind (481)
Niemand ist eine Insel (553)
Meine Mutter darf es nie erfahren (649)
Zweiundzwanzig Zentimeter Zärtlichkeit (819)
Wir heißen Euch hoffen (1058)
Die Erde bleibt noch lange jung (1158)